岁月三重奏

周新 著

江苏凤凰文艺出版社
JIANGSU PHOENIX LITERATURE AND ART PUBLISHING

图书在版编目（CIP）数据

岁月三重奏 / 周新著 . -- 南京 : 江苏凤凰文艺出社 , 2022.9
ISBN 978-7-5594-6586-3

Ⅰ . ①岁… Ⅱ . ①周… Ⅲ . ①中篇小说 – 小说集 – 中国 – 当代②短篇小说 – 小说集 – 中国 – 当代 Ⅳ . ① I247.7

中国版本图书馆 CIP 数据核字 (2022) 第 165469 号

岁月三重奏

周新 著

出 版 人　张在健
责任编辑　张恩东
责任印制　刘　魏
出版发行　江苏凤凰文艺出版社
　　　　　南京市中央路 165 号，邮编：210009
网　　址　http://www.jswenyi.com
印　　刷　南京迅驰彩色印刷有限公司
开　　本　890 毫米 ×1230 毫米　1/32
印　　张　8.5
字　　数　170 千字
版　　次　2022 年 9 月第 1 版
印　　次　2022 年 9 月第 1 次印刷
书　　号　ISBN 978-7-5594-6586-3
定　　价　48.00 元

序 言

说实话，兴许每一位作家都知道，读者的时间也是很宝贵的，有的可用一刻千金来形容。站在对方的角度考虑，不要浪费读者的时间和精力，更不要为难读者。这是我从事文学创作时的一种无形压力。

还有一种压力，正是我父亲所说的，你写的东西别人看了要有用。这个“用”字含义就广了，我知道他绝不是单指的“用处”或“需要”，还涵盖了很多意思。于是乎，写作的心态是积极的，而思想却是错综复杂的。

再有一种理解，那就是，要考虑作品的社会效果。坦诚地讲，现代人比较现实，不会做劳而无功的事情。因此我想，要写的东西最好与学习、工作、事业、家庭，乃至生老病死有些关系，这可能是读者最关心的话题。从中，也要反映现代人从站起来、富起来到强起来的伟大飞跃。难就难在，如何把自己的思想倾向和情感，同读者融为一体，把心、情、思都沉到读者之中，同读者一道感受时代的脉搏、生命的光彩，为时代放歌。

毕竟从事房地产企业和项目管理工作二十多年，这是一个独特的视角，我感觉比较容易发掘代表时代精神的新现象和新人物，然后以源于生活又高于生活的文字加工，以现实主义和浪漫主义相结合的美学风格，努力去塑造能够吸引人、感染人、打动人的人物形象，追寻一种所谓的现实主义文学或是艺术中的现实主义，力求为时代留下难以忘却的文学作品。

《岁月三重奏》这部书，是由五篇小说（短篇和中篇）、十篇散文和三十首诗歌合集而成。这里有的已经发表过，有的是最新创作。书中的内容，总体上是以讴歌时代为主题，尤其是反映改革开放四十年来的时代发展和社会进步。小说和散文部分，讲述一个个真、善、美的故事，抒发现代人的奋斗之志、创造之力和发展之果。以不同的角度，展现新时代的精神气象，从而表现了一些人，在培根铸魂上展现新担当，在守正创新上实现新作为。诗歌部分，努力追求向上向善的健康文化风尚和清新质朴的审美观、价值观，表达从落后时代、跟上时代再到引领时代的新跨越，赞扬人情之美、城乡之美、环境之美、文化之美，意图在明德修身上，焕发新的风貌。

文化浸润心灵，思想启迪人生。通过这部书，我想抒发真的性情，描写心的天地，亦想书写变革时代的家国情怀等等。总之，我有很多想法，尽管这些想法都是美好的，但是，我的创作水平有限。在这里，我要由衷地感谢著名作家刘仁前先生和畅销书作家顾坚先生，还有我的父亲，他们对我的书稿都提出了非常宝贵的指导意见，甚至帮助我修改雅正，令我十分感动。在此，也希望更多的读者老师们，在百忙中拨冗关注，并进一步提出意见和建议。

作者于2022年5月20日

目 录

一、小说

二、散文

三、诗歌

一、小说

谁留下

“你好！领导有事吗？”王总接电话一向很快。

我说有事，“集团总部通知我们优化人员，而且力度比较大。我把集团下发的人员定岗定编表发到你电脑上了，王总你先看一下，我们再商量。”

这次人员优化，集团下属的几十家公司统统有份。总体方案已经形成，各部门的人数已经确定，我们下属公司能做的，只是二选一或者三选一的选择题。我看了一下，最难办的是行政部和开发部，优化后只留一个岗位。

半个小时之后，我再次拨通王总电话，交流了留人方案。对于其他五个部门，我基本上同意王总的意见，唯有开发部我有异议。他说开发部主管陈胜强表现越来越好，工作干得有声有色，把他留下来，把刘经理辞掉。我冷笑了一声，王总你没搞错吧，怎么能把刘经理辞掉？

两年前，集团总部安排我兼管苏北第三分公司，我去的时候刘经理已经在此工作快三年了，开发部就她一个人。根据后面的开发体量和节奏，我对公司的管理班子进行了调整和补充。把以前的老同事王总请回来当副总经理，我不在的时候，让他代管比较放心。开发部和工程部各增招一名员工。陈胜强就是后来新招的，他三十岁，长得挺帅的。

我说刘经理不能辞退，她是当地人，地方政府关系很不错，业务也很熟，我们搞房地产开发需要她的社会资源；还是辞退小陈相对合适一些，尽管这小伙子也很优秀。

“小陈不但能干，而且很专业，他是正规名校的高材生，对房地产开发程序很熟悉，尤其是办公自动化应用又快又好，办事效率很高，所以留他是正确的。”王总进一步强调。

我在另一个城市，因为疫情管控有一个月没去苏北第三分公司了，许多工作只能在电话中沟通。我分析给王总听：小陈年轻，资历不如刘经理，外协能力与刘经理有很大差距。开发部是个特殊的部门，很多开发建设手续和证照的办理，光靠专业能力是不可以的，没有协调能力会拖得很久。结合今年的任务考核，把刘经理留下来才是正确的。

“我的意见是留小陈，他能行，年轻人要培养。”王总坚持说。

如果再讲下去就没意思了。我说这样吧，集团总部给我们的时间是一周内，先不急，王总你晚上再慎重考虑一下，一定要以工作任务和完成目标为导向。

陈胜强是公开招聘来的。行政部经理曾经告诉我，那次来面试开发部主管的有七人，王总认为陈胜强最适合，刘经理也同意。后来有同事向我反映，这个人和王总的关系好像不一般，至少以前就认识。我调阅了陈胜强的简历，看到他是睢宁县人，而五年前王总说过，他的姐姐嫁在睢宁。虽然高度怀疑，不如难得糊涂，职场上相互引荐工作也是正常的，我想，反正能把工作干好就行了。

公司员工都知道王总是我推荐来的，这是公开的秘密。十年前我做总经理，他当总工程师，负责开发项目的技术管理。相处了五年时间，他要辞职，讲了一大堆理由，其中有一点打动了我。他说这些年一直都在上班，现在有几个朋友做三P项目，想入股闯一闯，机会难得，再不拼一下，这一生就没机会了。他离职出去三年，后来不但项目没搞成，自己还损失了一百多万，多年的积蓄打水漂了。换了几次工作，都不称意，经常打电话跟我诉苦。有一次，我说集团总部要我兼管苏北第三分公司的开发项目，实在忙不过来，总部同意我招一个副总，他听了不加思考，当即就答应了。

王总到公司把所有员工的来龙去脉查了个底朝天。他悄悄告诉我，你知道吗，刘经理是县政府领导向集团领导推荐而来的，她跟当地政府几个领导的关系都不一般。更可怕的是，工程部有两个人、财务部有一个人都是她带过来的，这几个人经常到她办公室叽叽咕咕的不知道聊什么。此人不可久留，我们俩要当心她们搞小团体，把我们架空。

开发部的办公室在我斜对面。我是觉得刘经理有一点确实不好，讲话和做事性子太急了。偶尔我来公司看看，刚进门，把包放下来，正准备上一下洗手间，她就进来了，絮絮叨叨地向我汇报个没完，一讲就是半个小时左右，我憋得难受还不好意思讲出来。她汇报的内容不仅是开发部的事，还有工程部和其他部门的事，有些事情是王总不愿意告诉我的管理问题。

第二天刚上班，我的手机响了，一看是王总的电话。他说昨天晚上考虑了很久，还是要辞刘留陈。我说相反，昨晚我也考虑了，决定留刘。

“你让我在这里代为管理，又不听我的建议，那下面我怎么管呢？”听王总的语调，他生气了。

我耐心地对王总说：“你要留陈，一个月之内是肯定拿不到施工许可证的，集团考核的后果你清楚的，后面还有四号地块的规划审批和酒店工程的竣工验收，都会有问题的。完不成考核任务，我们都得滚蛋。”我突然来气了，“还有……”

没等我说完，王总把我的话打断了:“你又不常来这边公司，对情况不清楚，我比你清楚，开发部的事，有问题我也能帮助协调，不是离开她地球就不转了。”

“王总，别的事可以听你的，这件事你听我一次好不好!”

“我不同意！”他倔强地说。

“到底谁是总经理？”我脱口而出。

“你是总经理，我不干了行吗？”电话挂断了。

他和我翻脸了。多年的老同事，为选用一个人才，闹成这种样子，我想想感到憋屈，何苦呢？

大概过了十分钟，我的手机又响了，说实话，我不想接听了。如果不是疫情影响，这事当面沟通应该不是这个结果。

但电话是刘经理打来的。她说：

“刚才你和王总吵架，我在走廊里听到了。别争了，我走，我年纪大快退休了，不工作也无所谓，把这个机会给小陈吧，他毕竟是年轻人需要工作的，让他留下来。还有，王总不能不干，他比我重要多了。”听了这话我的眼泪快要出来了，一时不知道说什么才好。

我通知行政部：开发部的人员优化征求经理意见，具体按王总要求执行。打完这个电话，我真想在自己的手上扎上一针。

疫情很快有了好转，我到苏北第三分公司觉得空荡荡的。来到开发部办公室，看到墙上还贴着刘经理之前写的工作计划，不禁感到惆怅。我对王总说，你请她晚上回来吃个饭吧，我们聚一下，她走的时候，我没能见到她。

虽然晚一点，刘经理还是来了。看不出一丝介意，她依然是那么笑容满面、热情爽朗。那天晚上谈笑风生，气氛活跃，刘经理告诉我们她已经在另一家开发公司上班了，目前在试用期，公司名称和职位暂时保密。我们都喝了不少酒，说了不少话，刘经理和王总频频碰杯，仿佛什么事都没有发生过。

有人说乐极生悲，一点儿不错。次日上午11时，集团总部来了通知，王总被解聘了。原因是他分管的开发部没有完成工作目标，工程进度也严重滞后，直接影响到项目开盘销售的最佳时机。

王总毫无怨言。他唯一放心不下的是陈胜强，他对我说：“我姐的孩子，跟我的孩子差不多，请你以后多关照一点。”

眼见为真，耳听为实，如果不是亲耳听到，我还真的不相信。三个月以后，当有人告诉我王总和刘经理现在在一家公司上班时，我立即拨通王总的电话求证。

“是真的，我们在一家公司上班。”王总道，“一时没有找到合适的工作，刘总请我过来做总工程师，我就来了。”

“刘总？刘经理高升啦？”我非常诧异。

“是的，刘经理现在是公司的常务副总，我现在是她的部下了哈哈！”王总说。

无语了。山不转水转，水不转人转。此处不留人，自有留人处。

际 遇

1

这是她第四次邀请了。经过反复考虑，钱正林最终还是答应了，暂定周三晚上。

前些天，钱正林陆续收到沙洁的信息，说一定要请他单独吃个饭，有专业方面的问题要请教，无论如何给个面子。态度非常诚恳。可难就难在单独，对方是肤白貌美的熟女，两个人吃饭有点别扭，倘若被单位的同事看到，也不好解释。钱正林心里很纠结，但又难以拒绝。对沙洁这个人，他的印象和感觉比较特殊，第一次见面就有某种预感。

那是一个月之前，市委办公室的黄主任安排他参加一个活动，人不多，却多是领导：开发区管委会的戴局长，住建局的魏局长，政府办的陈秘书长，开发商王总。这几位都认识，与自己的工作也有联系。还有两位是第一次见面，其中一位就是沙洁。其间黄主任站起来，向钱正林介绍说：这位叫沙洁，浙江人，做供配电工程的，现在是区域经理，我们开发区戴局管的工程就是她公司做的，目前正在施工中。以后请钱总多关心指导。又侧过身向沙洁介绍：这位是我们市供电公司的副总经理钱正林，电力工程专家，分管工程招投标和施工，沙经理你要多向钱总学习啊！沙洁笑着向前一步，双手递出一张名片：钱总，我初来乍到，请多多关照。

钱正林打量着眼前这个女人，身材高挑，眼睛大大的，皮肤白皙，看上去三十五岁左右，穿着一条时尚的牛仔裤，裹住饱满而性感的胴体。印象最深的，是她富有性感的嘴唇和洁白整齐的牙齿，笑起来很讨喜。那天吃的都是地方特色菜，开席不到一小时，两瓶五粮液就光了。室内弥漫着菜味、酒味和香烟味。第三瓶酒开下来，沙洁端着满壶酒走到钱正林旁边，脸上漾着酡红：钱总我敬您——我喝干，您随意！

钱正林见美女专门过来敬自己，只好端着酒壶站起来，有些不知所以。戴局长走过来，对钱正林耳语：你抿一口算了，她酒量大，你喝不过她的。

钱正林感到有些晕眩，他看到沙洁正笑眯眯地盯着自己，那眼神撩人心魄。此时，钱正林突然觉得沙洁特别像自己的初恋伏小静。

三十年前，钱正林是一位生活贫窘的农村青年，高考落榜后，在丹阳北郊的一座砖瓦厂打工。伏小静在他们出窑班食堂做饭，她长得苗条，特别爱笑，做事勤快利索，饭菜做得好吃。钱正林和她是因为火柴认识的。那天下午，天下大雨不好出工，伙伴们都跑到附近看录像去了，他一个人留在工棚里看书，伏小静急慌慌地推门进来，她说烧火用的火柴不知道被谁拿走了。钱正林在工棚里没找到火柴，看她着急的样子，他连忙跑到制砖车间，向姓刘的师傅借了一盒火柴，送去了，她很感激，顺便谈了一会。

后来两人便慢慢有了接触，附近的永顺桥就成了他们晚上约会的地方。他们在桥边的河埂上走过、坐过、拉过手、也拥抱过。那时，伏小静说得最多的一句话就是：嗳，不早了，你回去看书吧，你一定要考上大学呀。

临近春节，在窑厂放假前的一天晚上，钱正林和伏小静在永顺桥谈了很多很多。她问钱正林明年还来吗，他说来。钱正林问她，她说不晓得，也许来也许不来，但是很想来。平时总是爱笑，那天晚上她哭了，呜呜地哭得很伤心。分别时，钱正林送她一封情书，她送给钱正林一盒火柴和一块手帕。回到工棚，钱正林打开看看，火柴盒里没有火柴棒，放着她的一寸黑白照片；手帕是白色的，带有蓝色镶边，中间绣着一朵紫红的小花。过了春节，伏小静果然没有来。从那以后，钱正林常常望着伏小静的礼物回忆。

一周后，沙洁到供电公司办理施工手续，趁便来到钱正林办公室。她从包里取出一盒牛皮纸包装的“西湖龙井”放在钱正林桌上，说这是新茶请钱总尝尝，话没多说就匆匆走了。望着沙洁曲线舒展的身影，钱正林有些联想。自此，她的身影时不时地浮现在眼前，挥之不去。而沙洁却像是强调她的存在似的，几番电话邀约他单独吃饭，他都以开会和加班为由婉拒了。但这一次，他决定践约。反正见面吃个饭，聊聊闲天，又能有多大的事呢！

2

星期三的配套工程协调会，一直开到七点才结束。钱正林回到办公室，放下笔记本，拿起毛巾到卫生间洗脸、梳头、擦点润肤露、整整衣服，出门前又照了照镜子。心里不禁自哂：唉！这五十出头的人了，还这么有好奇心。

于是他打了个车，来到明湖路上的“如意酒屋”。到了精品小酒屋，问到最里面的小包间，空间不大环境很时尚。进了包厢，钱正林顿时感到里面飘散着甜美的香水味。今天的沙洁显然刻意打扮过了，施着粉黛，穿一袭红色低领长裙。小圆桌上四个冷盘已经摆好了。

“让你久等了，正好有个会，不好意思啊。”钱正林边说边脱下西装，沙洁自然地接过去，挂到包厢一角的衣架上。

沙洁道：“欢迎钱总！感谢钱总百忙中抽时间帮助指导，今天我单独跟你汇报工作，向你请教学习。”

上菜了。沙洁打开一瓶茅台酒，包间里立刻闻到了醇厚的酱香味。一番客套过后，沙洁郑重其事地进入了主题。她说从浙江到这里工作不到半年，“公司安排我来，要管好项目，还要拓展新业务。今年春节后上班第一天，老板对我说：‘你的工作任务是把现有的工程按期完成，再拓展一到两个新业务，如果拓展新业务三千万以上，本岗位不变；如果拓展业务达到五千万元，提职为区域副总，工资翻一番；如果到年底没有落实新业务，工资发到十二月底。’你听这话，说得非常明白了，压力山大呢。请钱总帮助指导指导，怎样拓展新业务？”

沙洁举杯敬钱正林。

吃菜。沉默。等待钱正林指点迷津。

钱正林喝了这杯酒，说：“这年头你想开展工程业务主要靠投标。现在招投标程序越来越规范，你们看到合适的工程项目可以参与投标，具体的招标信息和要求，我们网站上都能查到。只要是合理低价，技术方案不出问题，中标的机会还是很大的。”

沙洁说：“我老板讲了，要想中标，最好能了解到每次投标的单位是哪些，标底是多少？”沙洁的语气谦和、恳切。看沙洁目不转睛地看着自己，语气十分恳切，钱正林微笑着放下筷子，点燃一支烟，看来要认真解释一下了。

早前有这样的情况，但问题比较多。如果有人知道投标单位是哪些，容易串标和围标，那样会增加建设单位的投资费用。至于标底又称标底价，一般是建设单位的工程投资预算底价，那是商业秘密绝对不能泄露的，尤其现在管得很严，一旦被查出来，不得了，要处分的。

钱正林慢悠悠地说，把香烟在烟灰缸上弹了弹。

沙洁站起来，咯咯笑道：“钱总你可别吓我呀！来来来，我拿壶敬你，我喝干，你喝一半！”一仰脖子，她真喝干了。

这下弄得钱正林有些窘迫，他酒量不算大，喜欢细酌慢饮，但既然对面这个女人都干了，他也不能示弱，只好也干了壶中酒，眉头不由得轻轻皱了一下。

沙洁神采愈加飞扬，她笑着放下酒壶说：“哎钱总，你要帮帮我啊一个弱女子，今年的任务压得我好烦呀。相信我，这种事情我会绝对保密的。我老板也说了，中标后可以有三到五个点的感谢费，我单独给你，放心好了，没有其他人知道。”

钱正林摇了摇头，夹了一块红烧排骨放进嘴里，咀嚼着。沉默了片刻，他说：喝得太快了，我们暂时不谈业务好不好，聊聊别的吧。

“也好。”沙洁说，“钱总，你表面上看我很乐观对吧，其实我内心很悲催。我出生在城里，自小家庭条件还不错，学习成绩却不如人，后来总算考上了一所大学，但专业不投胃口，稀里糊涂毕了业，好不容易找份工作，又跟所学专业不对口，工资又低，上班总是提不起兴趣。这些年我换了几个单位，眼下觉得这份工作倒是挺有挑战性的，不想老是换了，就是离家远了点，周一到周五在这上班，周五下班回浙江过周末，在这儿五天时间有时感到很无聊。”

钱正林问：“你来这儿工作，孩子怎么办？”

“我离婚三年多了，孩子归他。”沙洁倒了一小杯酒，独自喝干。

“你单身？你为什么要离婚呢？”钱正林不禁有些惊讶。

她长长地吁了一口气：“在大学时就有几个同学追我，后来因为共同喜欢的歌，我和一个男生走到了一起，这男生家在山东，后来我和他都觉得结婚不太现实，毕业就分手了。毕业回城又谈了一个，家庭条件倒是不错，我们怀着美好的希望结婚了。但结婚后，经常为柴米油盐吵架，很多事情和想法都不同。他父母重男轻女，对我生女孩不满，说我不会做家务。我不想待在家里，也不想理他们。要说怎么离的吧，就因为一些小事。那天早晨，他说我牙膏挤多了浪费钱财。我说大清早的这么啰唆真来气。他竟把毛巾扔到我脸上，我自然不能饶他，把水杯砸到他头上。打完这一架，我们觉得实在不能容忍，就离了呗！”

说着说着沙洁突然咬住嘴唇不作声了，她似乎调整了情绪，又端起酒壶斟了一杯，举起来敬钱正林，苦笑了一声：“今天感谢钱总听我诉苦，不要介意呀。我们80后的人，婚姻观念与你们不同，离婚的闪婚的多的是。自由恋爱没什么经验，婚姻容易失败。”

说到这里，沙洁突然掉转话头：“哎，不好意思问问钱总，你是怎么谈恋爱的？你的感情之路一定很顺吧？”

钱正林说：“异地工作周末回家，这一点我们还真是差不多。其他就不同了。关于恋爱，呃，也谈过，三十年前的事了，不提也罢。”

“不行不行说来听听，我都如实跟你坦白了，不要欺负我嘛，说说吧，哪里讲哪里止！”沙洁发起嗲来，热切地催促道。

五十三度的茅台真是有劲，钱正林感到胃里发热，情绪有点亢奋起来，说道：“要说我们这一代人，肯定比你苦啊，经历的曲折你想象不到。我的恋爱不在大学里，在工地上……”钱正林似乎没讲完，他站起身，说去一下洗手间。

沙洁坐在椅子上，拿起手机查看有没有新的信息。这会儿，她似乎更加意识到钱总对自己工作的重要性，而这样的领导真的很难请出来，机会实在难得。

钱正林回到座位上，他把发票递给沙洁：“账结过了，这顿饭算我请的，酒不能再喝了，已经醉了，早点回去休息吧。”沙洁霎时出现了不解的神情，她想不到钱正林会把单买了。然后睁大眼睛看看手机：“哎，时间还早呢，没听你说完呢，来来来再喝一壶。”

钱正林说：“今天来，主要是听你说，不过今天来还有一个原因，你长得和我的初恋对象倒是比较像，我纳闷怎么就这么巧。”他无意间把憋在心里的话讲了出来。沙洁紧紧地注视着钱正林，脸上的表情有些古怪：“真的假的啊？”沙洁说，“要不然你还不来吃饭是不是？这样吧，我们一口干了这壶酒，你不肯去歌厅，那咱们到明湖公园去走走好不好，这里隔墙有耳，那儿人少，安静又安全，我们随便再聊会，还有话跟你说呢。我先出去打出租车，看到信息你出来。”

没等钱正林同意，沙洁挎上棕色皮包向外走去。钱正林掏出香烟，点着了大口大口地吸起来。他感觉眼前有点晃动，桌子和餐具有些歪斜，沙洁坐过的椅子上似乎还留着女人的芳香。他心想在外面跟一个单身女人吃饭，喝得醉醺醺的还是头一次，以后不能再这样了，喝醉了把控不住自己。

明湖公园是一条开放式的河滨风景带。这里清风和畅，绿树摇曳。形态各异的乔林灌木，傍水而依的亭台轩榭，花木相间的石雕小品，都悄然沐浴在半轮月光映下的夜色中。风吹在脸上，确实惬意。

沙洁说：“你看，这里人少不会遇到熟人。我想听听你的故事呢。”

钱正林意外地感觉到，沙洁挽起了自己的右手臂，悠闲地漫步开来。多年不曾有过的青春浪漫，如梦幻一般袭来，顿觉熟悉而又陌生。

从来没有人如此真诚地要倾听他的经历，钱正林可是真有故事的人。他说：“我是在农村长大的，有一个姐姐两个哥哥，只有我念到了高中，但没考上大学。后来一念之下带着书本和被褥出去打工了。口袋里揣着贰元捌角钱，只身来到丹阳北郊的砖瓦厂干起了苦力。出窑你懂吗？就是把窑洞里烧过的红砖夹到两轮车上，然后推到料场上集中堆放，等货车运到工地建房子。你知道窑洞的温度有多高吗？哈，穿的干衣服进去，一会就汗湿了。什么叫汗流浃背，什么叫挥汗如雨，那就是。窑洞就像火炉，有时能看到前面的砖缝里还在发红的煤渣，汗水滴在砖头上‘吵’的一声就消失了。一个班下来，我们每个人能运一百二十车红砖。不到一个月，我的手掌和脚板都是泡，磨破了出血痛得要命。但我能坚持，而且不上工的时候，还坚持看书自学，准备有一天再考大学。

“说起初恋话就长了。她是四川巴中南江人，名字叫伏小静，样子长得很像你，比你瘦一点。她爱笑，笑起来很漂亮，牙齿雪白整齐。伏小静的家乡在山区，她有两个哥哥，一个妹妹，家里穷从小没读过书。但她对书很感兴趣，对我看书这个爱好觉得很崇拜，问我能不能教她识字。记得当时，她要我讲讲她的名字，三个字是啥意思，我的解释让她非常开心，谐音是：幸福一点一点进来。

“虽然辛苦，砖瓦厂还是挺挣钱的。不到半年时间，我结了二百三十五块钱。到了腊月二十，我们都返乡过年了。

“第二年，她没回砖瓦厂。我四处打听她的音讯，但一无所获。说实话真的很想她。到了三月份，估计她不会来了，我就写封信寄过去。一直盼到五月份才收到回信。信是她哥写的，大概意思是，妹妹小静现在过得很好，我们家乡现在搞开发了，要建旅游项目，有活干了工钱也高，不去窑厂打工了。小静的婚事也订了，秋季办喜酒，有空来喝酒我们表示欢迎。看到最后一段话，我顿时要崩溃了，受了打击，睡了两天没吃饭。

“心里放不下，总是想去巴中找她，但又不知道她究竟怎么想的。我去问神通广大的张明哥哥，如果一个女生在分别时，送给男生的礼物是装有她照片的火柴盒和手帕，这意思是什么？张明说，让我自己点火把她烧了，意思是要忘记过去的恋情，手帕是用来擦干眼泪的。如此分析，让我打消了去找她的念头。”

“然后呢？”沙洁听得津津有味。

不想再讲了，喝了高度白酒，钱正林有点口干，东张西望看有没有售货亭，买瓶矿泉水喝。沙洁说不如到她屋里喝点水吧，有咖啡可以解酒呢。她说小区离这很近，走五分钟就到了。钱正林犹豫了一下，有点身不由己，他说那喝点水就回去，不能搞得太迟。

出了公园，两人默契地保持着距离，不说话，像陌生人似的走进一个小区，一前一后进楼梯，来到三楼。

沙洁租的房子三室一厅，里面的装修比较新潮。她说这是公司租的，一个人住有点浪费。客厅的沙发是布艺的，很柔软。茶几、洗衣机、冰箱、彩电、饭桌、橱柜，样样都有。沙洁从保温壶中倒出一杯水，不太热，钱正林咕噜咕噜一口气喝光，一下子觉得畅快多了。他摸出香烟点了一支，看到沙洁脱下外套，烧水，洗杯，取咖啡，等待冲泡。

“钱总后来是怎么考上大学的？”沙洁问，“又是怎么到供电公司当领导的呢？”

钱正林打了一个哈欠，有点困了。他说：“后来我通过了高等教育自学考试，接着专升本，最后又考了在职研究生拿到了硕士学位。三十岁那年，省供电局公开招考，我顺利通过了笔试、面试、政审几道关。我工作是非常用心卖力的，上班早下班晚，一边工作一边充电。比起砖瓦厂做苦力，我有使不完的劲。领导很重用，把我从普通科员提到部门副职，再到正职、副总。就是这样，但是没有组织的培养是不行的。”

水烧开了，沙洁冲好咖啡，端到钱正林面前，热腾腾的香气扑鼻而来。“有点烫，等会喝。”沙洁道，“钱总，我还没问，你夫人是城市还是农村的呀？”

钱正林说：“夫人也出身于农村。那时候我家里穷得叮当响，找不到对象。后来村队长好心介绍了一位外地姑娘，虽然天生有点驼背，但人勤劳善良，没有选的，就那么匆匆忙忙结婚了，先结婚后恋爱。去年，我从省城调到这里来工作，她是支持的。”

“你在这上班，一个人晚上不寂寞吗？有几个情人啊？”沙洁开起了玩笑，狡黠地微笑着，用神秘的眼光瞅着钱正林。

工作忙，倒也感觉不到寂寞；至于情人，一个也没有，也不敢找。钱正林感觉沙洁似乎有故意挑逗的意思，他佯装着看手机，却发现手机没电了，已自动关机。

“现在几点了？我该回去休息了，请沙经理帮我打个车。”

“好，你等会儿，我手机在充电，你喝点咖啡，我洗个澡就好。”沙洁起身离开沙发，她关了客厅最亮的那盏灯，径直去了卫生间。

昏黄的灯光下，钱正林坐在软绵绵的沙发上顿觉有些困倦，又喝了几口咖啡。听说咖啡是提神的，怎么会有睡意呢？他猛吸了两口烟，把烟蒂扔进垃圾桶里，顺手找出咖啡袋子瞄了一下：像是正品咖啡，不像是其他的什么东西，但瞬间看见垃圾桶里有四颗烟蒂，钱正林感觉不太对头，来这里好像只抽了三支烟？酒喝多了，实在记不清了，但值得怀疑，这里可能有第二个男人来过。算了，不去琢磨那么多了！钱正林脱下皮鞋，和衣躺平在沙发上，他想歇会儿，可是不一会居然睡着了。

不知什么时候，钱正林被一股浓郁的香水味和轻柔的低语声惊醒了："哎，钱总你没事吧？"

"嗯，没事，我没事。打好出租车了吗？"钱正林神志有些恍惚。他迷糊中睁开眼睛，在梦境般的光线里，看见沙洁穿着浴衣，弯着身子，一双大眼睛正深情地望着自己，一只手伏在他的肩膀上。

钱正林一骨碌从沙发上坐了起来。

"没打到出租车，你就睡这吧，明早再回去。"沙洁说，"要不到床上睡吧。"她的手扶到了钱正林的另一个肩膀。两个人的身体逐渐贴到了一起，乳香味直扑钱正林的鼻孔，发丝撩得脸上痒痒的。

酒气好重啊！沙洁柔声道："睡沙发会着凉的，也不舒服，来吧，我扶你到床上睡，没关系的！"她使劲拖拉这个像粘在沙发上的男人，动作力度有点大，浴衣的腰带松开了。钱正林看到了她的大腿和短裤。他紧张起来，身体仿佛蒸烤一样燥热，欲望和克制交织在一起。此时的沙发俨然是条船，下面恍如河水，他很清楚走下去意味着什么。

钱正林还有残余的理智，他挣扎着说：“我就睡沙发了，也挺好的。”钱正林立即扭过身卧下，面对沙发的靠背一动不动。直到身上被盖上一条厚厚的毛毯，才觉得可以安心地进入梦乡了。

一觉醒来已是清晨，带着犯罪感，钱正林狼狈不堪地回到自己的单身公寓，迫不及待地刷牙、洗澡、换衣服，开始新的一天。

3

连续三个月，沙洁忙得不可开交，忙碌中有苦恼也有喜悦。苦恼的是，接连投了两个标，一个没中，还枉花了不少投标费。因此公司老板非常生气，批评沙洁没有获得任何有帮助的投标信息，也没有协调好关系。喜悦的是，在建的供配电工程顺利通过竣工验收，确保了按期送电。不过，在过程中也经历了一阵子焦虑：由于公司预算部测算错误，现场发现240平方的铜芯电缆长度少了96米。电缆的订货周期一般是半个月，工期眼看来不及，幸亏钱总出面协调，从供电公司仓库中借调了现材，救了她的急，否则拖延工程送电，那就问题大了。

然而工程结束了，还没有接到新业务，压力可想而知，何况年初有了任务约定。现在，沙洁必须按照公司老板的指示，利用中秋节的习俗，对几位领导重点攻关，确保第四季度至少承接一个工程业务。

上次见面之后，钱正林跟沙洁的联系少了许多，他不想与她走得那么近。一想到那天晚上的事情，钱正林感到羞愧和自责，喟叹自己五十多岁的人了，还不够成熟。

不想轻易见面，却事与愿违。星期一下班路上，钱正林看到沙洁在路边招手。他只好停下车。

“你在这干吗，等谁呢？”钱正林问。

“等你好久了，钱总今天下班这么迟啊。”沙洁一边说一边从自己车的后备厢里取出一盒东西。

“上次电缆的事，多亏你帮助协调，中秋节快到了，给你带了一盒水蜜桃。”沙洁走到钱正林的车后，打开后备厢放进去。路上车多怕熟人看见，钱正林连说谢谢，急忙开车走了。

回到单身公寓，钱正林要把水蜜桃放进冰箱，等到周五下班带回去。当他掀开第二层包装纸的时候大吃一惊：下面整齐地摆放着一沓沓现钞，点了点，整整二十沓。钱正林立即掏出手机，找到沙洁的电话号码。但一想不妥，打电话如果退不回去岂不更难办？得想个稳妥的办法。看着这些钞票就像炸弹一样放在身边，钱正林非常害怕。想到公司张书记在大会小会上都说过，金钱和女人往往是干部腐败的罪魁祸首。这两个条件倒是都符合了，钱正林越想越担心。他决定，这东西必须尽快处理掉，不是退回去，就是上缴纪委。当然，最好是退回去。关键怎么退是个问题。钱正林一直考虑到深夜，抽了大半包香烟。

第二天下班，钱正林到农贸市场买了三斤螃蟹，开车到沙洁住的小区。找到了她住的楼幢和单元，看到三楼的窗户没有灯光，估计她没有回来。然后，确定她回来的必经之路，停好车，熄了火，耐心等候。

小区的电瓶车、行人、小汽车接踵经过，一个小时过去了，没见她的踪影。老小区的景观灯散放着呆滞的光，钱正林盯着外面的动静生怕错过。快到九点的时候，沙洁的车子出现了。等她车停，钱正林准备下车，他打算把东西放到她的车上，打个招呼立即离开。但突然惊呆了，钱正林发现车上有两个人。沙洁先下了车，挎着包，拎着一袋东西上楼了。过了一会，车上又下来一个人，是个男的，有点眼熟，像是市委办的黄主任。此人戴着口罩，关了一下车锁，朝同一个方向走去。这男人是不是黄主任？他和她是什么关系？他来干什么？这些问题钱正林顾不上多想，他现在迫切需要将东西退回去。原计划被打破了，还有什么办法呢？等明天再处理？想了想，不行，这玩意儿放在手上，风险太大了。

焦急之下，钱正林有了新的发现：她与车的直线距离并不远，应该可以遥控到。于是编了一条信息发了出去：沙经理你好！今晚有朋友送了我好多螃蟹，太多了吃不了，我来送点给你。现在我就在你的车旁边，麻烦你在楼上开一下车门，我把螃蟹放你车里。

一分钟过去了，没回信息。三分钟过去了，仍然没回。钱正林盯着手机屏幕，心里忐忑不安。十几分钟过后，手机铃响了，一看，果然是沙洁来电：

“你好钱总，你怎么这么客气！不好意思啊，刚才我在洗澡没看到信息，让你久等了，谢谢啦！”

随着话音，沙洁的车灯瞬间闪了一下，车门“嘣”的一声解锁了。钱正林迅速把东西放进她车的后备厢，转身看看三楼的窗户：沙洁正探头遥望这边。钱正林摇摇手，如释重负般地开车跑了。

次日早上八点十分，钱正林的手机又响了，一瞧，还是沙洁。钱正林没有接，他大概知道是什么事。不一会，钱正林的手机上亮出一条信息：钱总早上好！你真是把我当外人呀，想不到你把礼品退回来啦。你这样做何必呢（微信表情：捂脸）。

钱正林回复道：沙经理早！工程上的协调是正常的，不是帮忙，那是我们的服务，不用谢，更不用客气。心意我领了，表示感谢！

好吧，再说吧。沙洁秒回，似乎很惆怅。

钱正林将以上信息截屏保存，或许，这是依据。

近日，万福城项目的供配电工程开始招标了。这个工程的造价比较高，标底是3700万元，包括土建、设备采购和安装。目前报名参与的单位有21家，竞争会相当激烈。在招投标系统里，钱正林看到沙洁的公司也报名了。从投标资格、工程业绩和技术方案上预判，沙洁的公司应该能具备实力，但关键是看下一步的商务标报价，要尽量接近标底才能中标，不能太高，也不能太低。

这天中午刚吃完饭，钱正林正准备休息，沙洁来电话了，说邀请钱总吃饭，时间安排在第二天晚上。

“这一段时间很忙，天天加班，我不参加了，谢啦谢啦！”钱正林婉言拒绝。

那边沙洁轻声笑道：“钱总，你别着急推辞嘛，明天晚上有你想见的人，没有其他人，你必须参加哦。”

这女子，卖什么关子！钱正林有点不耐烦：“谁啊？是谁我也不参加！”

“暂时不告诉你，给你一个惊喜。”

“不告诉我无所谓，反正我不参加。”钱正林挂了电话，他打开折叠床，展开床单，准备午睡了。

手机却又响了起来，沙洁说：“那我就透露一下，姓伏，巴中的。”

“什么？钱正林惊诧到了极点。姓伏？巴中的？难不成是伏小静？”

“是伏小静吗？”钱正林嗫嚅问道。

“是的，真的不骗你！我找到她了，”沙洁朗朗地说，“明天晚上我从饭店带几个菜，你到我租的房间吃饭，就我们三个人。”

放下手机，钱正林头脑轰轰作响，感觉太不可思议了。这个午觉，钱正林根本没法睡着，整个中午都在胡思乱想。沙洁是怎么找到伏小静的？她把伏小静千里迢迢找过来干什么？伏小静现在怎么样？三十年不见面了，到时会不会尴尬？一连串问题像一团电缆线搅在了一起，顿时解不开。

为了进一步证实，钱正林下班后拨通了沙洁的电话想问个究竟。沙洁依然说这是真事，是通过户籍查询找到伏小静的。一开始伏小静也不相信，听了沙洁讲到砖瓦厂的故事才相信的。到了这个时候，钱正林不得不信了。他到街上理了一下头发，做好明天见面的准备。

4

今天的心情很异样，期待，急切，喜出望外，诚惶诚恐。下午开始，钱正林陆续收到沙洁的信息：

我接到伏姐了……过会再联系。

我在川味饭店取菜，大概还要半小时。

有点堵车……钱总你出发了吗？

我们到了，钱总你快过来吧，伏姐在我这等你啦。

实际上，钱正林早已在楼下不远处等了。透过车窗玻璃，他看到沙洁领着一个女子有说有笑地走向楼梯口，一眼就认出了是伏小静，只不过是个“中年版”。钱正林心跳加快，有些激动。

钱正林下车，拎着水果，从容镇定地到了三楼。在敲门的那一刻，他在想，见面的第一句话应该怎么说。

门是沙洁开的：“来来来，钱总快进来，你看，我没有骗你吧，这下都相信了吧！”沙洁热情欢快，屋里的气氛顿时活跃起来。而钱正林霎时噎住了，见到真真实实的伏小静，他竟然一时说不出话来。两眼对视，相见神伤，恍如隔世，内心翻江倒海。

钱正林走过去：“小静！你还好吧，哎哟！三十年断了联系，想不到今天还能见面！”他想和伏小静握一下手，却见她的手交叉在一起，轻轻搓动。没有握手，更没有拥抱，两个人互相望着，只有彼此眼神的交流和心灵的碰撞。

“还好，都还好！”伏小静说话了，声音有些羞怯和欢喜，“该谢谢沙洁小妹，是她找到了我，我就来了。你呢，你后来真的考上大学了？”

钱正林说：“是的。后来写信给你，也没收到回信，一直联系不上。三十年了，时间过得真快啊！”

钱正林端视着伏小静，棕色的浅跟鞋，藏青色的风衣，脖子上围着紫色的小纱巾，笑容还是那么灿烂，牙齿还是那么洁白，只是岁月的痕迹毫不怜惜地镶在她的脸上。头发不再是原来的长款内卷，而是散烫后扎向脑后，显得端庄大方。

钱正林说：“你没怎么变，稍微胖了点。”

伏小静笑笑：“都快成老太婆了。”

“你还好，是我老了，男人老得快。”钱正林由衷地说。伏小静现在的模样气质超过了钱正林的预期，看来她并不是在农村单纯务农种地的女人。

“好了，酒开了，你们上桌坐下，慢慢聊。”沙洁招呼道。

三个人的饭局挺有意思，桌子靠墙，正好一边坐一位。摆好了六个菜，一瓶红酒。这是一个独特的相聚场面，可能在电影和电视中也看不到。席间，沙洁真会说话，她把气氛搞得轻松而又愉快，一点也不尴尬。

“沙经理费心了，我和小静久别重逢，不容易啊，你有功劳，来，敬你！”钱正林端起酒，伏小静也跟着表示谢意。

“不用谢，”沙洁说，“好不容易见面了，以后不能再失联了。今天路上，我和伏姐商量，往后我们俩在一起做业务，她工资待遇和我一样，钱总你看呢？让伏姐在这附近租套房子，我们可以经常聚一聚，不是超级好吗？！”

提到工程业务，钱正林似乎想岔开话题。他沉思了一会，搁下筷子笑着说：“今天我们在一起吃饭，确实不容易，而且是三个年代的人。我是60后，小静是70后，沙经理你是80后的，可以概括为3678。虽然我们的价值观可能不同，但是好比商品，都是以底价发挥最大作用的。”

伏小静说：“在我们厂里，工资讲的不是底价，是底薪加奖金。”

喝完一瓶红酒，沙洁还要开一瓶，钱正林挡住：“不喝了不喝了，明天是周六，我一早要去工程现场检查安全。”钱正林又说，“明天上午，请沙经理带伏小静去三水湾景区转转吧，中午我请你们吃饭。”

沙洁点头嗯了一声。不过她提出了一个恳求：“请钱总和高新区的开发商王总打个招呼，他们是外资企业，下面有商业供配电工程，不用公开招投标，内部比价同等条件下优先照顾就行。明早先和伏姐去看看情况。这是合作的开始。”

钱正林答应了。

吃完饭，沙洁收拾桌子，伏小静要帮忙。沙洁笑道：“别别，你和钱总多年不见，就坐到沙发上喝茶聊天吧！”

茶几上有现成的凉茶。钱正林为伏小静倒了一杯，自己点上一根烟。

沙洁说下楼倒垃圾，刚带上门，伏小静转过身，轻柔地扑到钱正林的怀里，双手紧紧地搂着他的腰。钱正林摁掉烟头，他抚摸着她的头发，三十年前的熟悉情景似乎又回到眼前，心中涌起一种物是人非的感伤。

“好了，别这样，”钱正林说，“沙经理回来看见了不好。”

“你和沙经理什么关系？”伏小静抬起头，轻声嗔问。

钱正林说：“只是工作关系。她认为我有些资源，为了工程业务经常与我联系，没有别的，见过几次面而已。不过，她为人挺热情的。”钱正林正解释着，手机“叮咚”一声来了信息：钱总，我去住宾馆了，晚上你们俩就住我房间吧。被子床单都是新的，你和伏姐多聊聊，好好抱抱哦（微信表情：调皮）。

“沙经理不回来了，她去宾馆住了，”钱正林对伏小静说，“这些年你是怎么过来的？”他攥着伏小静的双手，两个人坐到沙发上促膝谈心。

伏小静认真地讲述起来，她说从砖瓦厂回来，父亲得了中风，看病花光了家里所有的积蓄，好在村里各家各户凑了一些钱，总算保住了命。母亲天天都哭，一家人愁得没话讲。那时父亲最放心不下的，是两个哥哥都没成家。母亲四处托人给哥哥订亲，总算找到一户人家，可人家有个条件：换亲。为了父母不伤心，伏小静同意了。十一月份结的婚，第二年生了个儿子。

“婚后幸福吗？”钱正林问，“他对你怎么样？”

“还好。其实也没什么幸福不幸福，就是搭伙过日子，有时吵吵闹闹，但为了孩子又能咋样？”伏小静说，“他是水电工，我在服装厂上班，日子慢慢都好过了。现在家乡的变化特别大，原来的老房子都拆迁了，我们住的全是楼房。柏油路修到家门口，家家都有小汽车，生活真是好得翻天。可惜爸妈都去世了，他们的好日子没过上几天。公公婆婆倒还在，帮我们带孩子，两个老人可好呢，跟我亲的差不多。不过婆婆的身体老生毛病，我经常陪她去医院。”

伏小静端起茶喝了一口，拎起水瓶将钱正林的茶杯加满。

“你呢，考上大学还当官啦？有本事啊！”伏小静回到钱正林身边坐下来，她捋了捋钱正林的头发，感叹地说：“嗳，你有白头发了，怎么啦？你很操心吗？”

钱正林舒了一口气。他说考大学这件事，要感激伏小静和妻子两人的鼓励。而现在并不是当官，只不过是企业的管理者，是服务者。工作要让客户满意，要让领导满意，要让大家满意，还不能犯错误，压力也很大。人过中年头发不白才怪呢。讲到这里，钱正林话锋一转问伏小静：“你真的答应和沙经理一块做工程生意啊？她怎么跟你讲的？”

“哪里有答应啊，”伏小静否定了。“她讲你现在是供电公司的大干部，有权力，能管全市的什么电工程。她叫我跟她做业务，做得好一年能挣几十万。我又不懂这个，路上她说她的我在听，嗳！你说我跟她在一块做生意可能吗？那我家里怎么办呢，上有公婆，下有孩子，都要照顾的。这次来，时间不能长，有空我想看的，倒不是你说的三水湾景区，我想你带我去原来的砖瓦厂看看，那个永顺桥，还能找到吗？”

钱正林点燃一支香烟吸了两口，眯起眼睛沉浸在往事的回忆中。他说：“地方能找到。三年前，晚上开车去过，那儿变化太大了，原来的砖瓦厂变成了现代化的商住区，楼房林立，绿树成荫，车水马龙，灯火辉煌。那桥也拆了，建起了宽阔的公路大桥，河岸的风光带非常漂亮。时过境迁，过去的东西荡然无存了。你还想去吗？”

伏小静说：“那就不去了，这么说，跟我家那边差不多。明天上午陪沙经理先去见一个人，然后到景区看一下，下午我要回家去了。”

钱正林还在回忆中，他突然想起一件事情，但欲言又止。

“嗳，你婆娘（老婆）呢？”伏小静问，“也是大学生吗？你们过得咋样？”

钱正林说：“老婆在省城的一家商店上班。不是大学生，原来也是山里人。那时我家里很穷，结婚那年房子还是土墙瓦顶，只有她不嫌弃我。婚后生了一个女儿，挺可爱的。她对我父母很好，我们的感情还可以，能凑合着过，谁都没提过离婚二字。我毕业以后找的单位还不错，工资年年加，在城里贷款买了房子，把她们都接来了。讲实话，我也没嫌弃过她，毕竟当年我是穷小子她认了我。我来这边工作之后，她又要上班，又要照顾老人和孩子，相当不容易。平时都很忙，我们聚少离多，但都能相互理解包容，毕竟老夫老妻了嘛！”

“我有的是男孩，如果早知道你有女儿，咱们可以结门亲。”伏小静亲昵地推了推钱正林，开了一个玩笑。

“呵呵，年代不同了，”钱正林摇摇头说，“不能包办啰，以后的年轻人，婚姻不知道会怎样呢。当然，我们应该帮年轻人把一把婚姻关，就怕他们不听话。”

……

5

第二天早上，沙洁带着伏小静准时来到王总办公室。一看这办公室好气派啊，面积比一套房子还大，装饰豪华摆设精致。瞧那办公桌和电脑屏幕都是大型的，再瞧那王总，身材魁梧气度不凡。一见两位美女进来，他便笑哈哈地请坐、倒茶、递名片、热情接待。

“你们俩是姐妹吧，沙经理请说吧，找我什么事？”王总说，“钱总打电话给我了，但没说具体事情。”

沙洁说：“向王总汇报，我们俩不是姐妹，是同事。今天来主要是请王总关心，你们大酒店项目的供配电工程，能不能让我们参与投标报价，同等条件下给予照顾。”沙洁站起身，恭恭敬敬地把一本精美的企业简介递给了王总，“前不久我们完成了一个项目，工期质量都没问题，工程给我们做，你尽管放心。”沙洁说得很自信。

王总翻看了资料，昂起头：“实力还行！钱总的关系，我会重点安排，你们放心，但这事最终是我们集团总部定标，你们的报价不能高，我们是民营企业，往往是低价中标的。”

沙洁笑嘻嘻地说：“那底价是多少，到时候请王总指导一下，中标了我们要感谢呢。”

王总说：“是低价，不是底价。底价是有底线的，而低价是相对的，但也不能明显低于市场行情。至于感谢嘛，意思我明白，不用考虑。再说像我这个年龄，现在只追求三无，无忧无虑无病。”王总说着说着笑起来了。

都是沙洁在与王总交流，伏小静没说一句话。这些事情她不懂，也不想知道。但今天，她算是开了眼界。

办完正事，两个人到了著名的三水湾景区，并肩漫步，走走停停，叽叽咕咕说个不停。虽然有些方言，慢一点也能听懂。说到家庭，伏小静劝沙洁尽量复婚，为了孩子委屈一点就算了。不能要求过高，想找个没有缺点的男人，天底下是没有的。世上没有真情人，人间只有心换心，人生短短几十年，怎么活都是一辈子。沙洁认为伏小静讲得有道理，但理想与现实的差距，她不太能接受于是说道："这几年，婚姻和工作都不顺，压力太大，希望伏姐从侧面帮帮忙，跟钱总说说，当前的工程业务是头等大事。"

钱正林安排的午餐很是讲究，江苏菜、浙江菜、四川菜，三种风味都有，只可惜下午要开车，不能喝酒。不喝酒容易冷场，钱正林不停地找话题活跃气氛。

钱正林说："这次聚会，首先要感谢沙经理，当然了，也要感谢现代通信和飞机高铁，感谢我们的时代。现代科技发展很快，也许再过几十年见面，我就不请你们吃饭了，干吗？请你们做梦，到美梦馆，把电子设备戴到头上，闭上眼睛躺在那儿，想当皇帝、明星、富豪、大官，都行啊！全景呈现，可以过把瘾。不过，"钱正林突然收起了笑容，"几十年以后，也许我们都不在人世了。"

伏小静打趣道："光做梦不吃饭，饿得慌。"

钱正林笑道："不会饿，请你们吃营养片，有酸甜香辣的各种口味，或许感觉更好。"

沙洁今天很少说话。她拿着化妆镜在端详自己的脸。最近长了痘痘，用手抚摸，有的变成了硬的包块。都是工作闹的。她心里在叹息。再看看伏小静，笑语盈盈，容光焕发，似乎比自己还年轻。

这顿饭的情绪起伏不定。下午钱正林要送伏小静返程了，相聚匆匆，何日再相逢。此时此刻，三个人都有着复杂的心情。

该说的不该说的都说了，沙洁送伏小静上了钱正林的车，频频挥手。伏小静坐到副驾驶位上，她看到沙洁的眼睛里闪着泪花。车轮转动，城市的一排排绿树、一幢幢楼房向后移去，视野逐渐开阔起来。

钱正林说："小静，你看这新新旧旧的楼房，说不定还用过我们当年的红砖呢。"

伏小静说："不知道，谁也不知道，再说做砖瓦的人多呢。"

"当年临别时，你送我手帕和装你照片的火柴盒，究竟是什么意思？"钱正林边开车边问道。

静默了一会，伏小静说："我们是从火柴开始认识的，送你火柴盒，是希望你每天用到火柴的时候，都会想起我。照片是我特意去街上照的。那时候真心希望你考上大学，看书辛苦，手帕是给你擦汗的意思。手帕上的小红花是我绣的，不小心戳破手指，我把血迹涂在花的中间。"

听了这话，钱正林感到酸楚之情油然而生。这么好的意思，竟然被曲解了。

回顾往事，好像时间过得更快，不知不觉到了站点附近。车子停稳，两个人转到后排座拥抱了片刻。钱正林拿出一部崭新的智能手机送给伏小静："当年，你送给我一方手帕，如今我送你一部手机，两个礼物都有手。"钱正林说，"瞧你那手机，有些旧了，该换新的了。"

伏小静啜泣，她依偎在钱正林的怀里不想离开。

依依不舍，依依惜别。伏小静进站了，望着她渐渐远去的背影，钱正林不禁有了感想：这川流不息的人流中，有无数人也和伏小静一样，他们虽然很淳朴，但是一样的可亲可敬。

6

一周后，评标工作结束了。可是非常遗憾，沙洁的公司没有中标。其他方面没问题，唯有投标价高出标底96万元，而中标价比标底高65万元。不知道为什么，钱正林觉得这一次非常可惜，他猜沙洁的心情一定很难受。已经到了十二月份，今年再没有招投标的项目了。

还有一件事让钱正林难以释怀，伏小静临走时把三十年前的情书退给他了。信纸已经泛黄了，布满了褶皱有点脆化，看字还是清楚的："小静，我来这里打工，认识你是我一生的幸运，我很喜欢你，如果考上大学，以后我们在一起好吗？我会对你好的……"唉，看不下去了，当时想的与后来做的，差距怎么这么大？

两周后，伏小静打电话告诉钱正林，说沙洁跟她通了一个多小时的电话，聊了很多很多。她说那天晚上，在她的房子里吃饭睡觉，全被探头录下来了。

有录像？钱正林像触电一样浑身打了一个冷战。难道沙洁这次把伏小静找到这边来就是精心设的一个局？他叫伏小静慢点说，把沙洁的话全部复述一遍。此刻，钱正林最担心的是沙洁把录像交给纪委，那后果不堪设想！

伏小静说："沙洁今天接到公司行政部的电话，她被公司辞退了。她的心情糟透了，不知下一步怎么办，想死的心都有了。我劝她什么事要想开，没有过不去的坎，这世上没有人随随便便成功的，就是不成功做个普通人也很好。然后说到家庭，她说前几天让同学去和男方沟通过了，他愿意复婚，但是提出了一个生二孩的要求。"

"她有没有说录像下一步咋弄？是给纪委，还是要给到哪儿去？"钱正林焦急地追问。

"没讲。简直羞死人了！"伏小静在那边甜蜜蜜地说，"沙洁觉得我们在一起很般配，那时为什么就没谈婚论嫁呢？她很羡慕我们的感情，录像如果我们要，就传给我们留个纪念。"

钱正林终于松了口气，又问："她真这样讲的？这女子，吓人呢！她这次没中标，有没有怨我啊？"

伏小静说："没说怨你。她说只怪自己没用心，工作不细，大好的机会没抓住。她还说，其实你已经把什么工程的价格告诉她了，那天晚上，你说的3678是最接近标底价的……"

2022年3月12日

担 当

想不到，刘老板近日成了泰州的新闻人物。

泰州是座古城。这里秦称海阳，汉称海陵，州建南唐，文昌北宋，有2000多年的建城史。千百年来，泰州风调雨顺、安定祥和，被誉为祥瑞福地、祥泰之州。这里也是一个现代化城市，不大不小，是个好地方。二十年前，刘老板爱上了泰州的美女，也爱上了这座城市，在这里结了婚，并在这里安居乐业。

我十年前到泰州工作时，就认识了刘老板。有人叫他刘总，但更多的人都习惯叫他刘老板。他中等身材，方形脸，体形微胖，肩膀宽而厚实，显得很健壮，目光中始终透着坚韧和儒雅的气质。刘老板随手拎着一个灰褐色的商务公文包，包里装有香烟、茶杯、笔记本、业务资料，偶尔还能看到包里装着一本书。正常情况下，他和我见面的第一件事，是从包里取出一包香烟，再从包里掏出玻璃茶杯，然后一边抽烟，一边喝茶，一边聊天。我们聊的内容很宽泛，有山林乡村的风土人情，有项目管理的经验教训，有古今中外的奇闻怪事，甚至还有文人雅士的诗词歌赋。我和刘老板感觉很投缘，成了好朋友。那些年，几乎一个月见一次面，无话不谈。

刘老板是江西萍乡人，早期做茶叶生意。他把外地的茶叶运到泰州，赚取其中的一点差价。他这个人做事喜欢钻研，能把红茶、绿茶、黄茶、青茶、白茶、黑茶说得头头是道，尤其是传统名茶中的黄山毛峰、西湖龙井、安溪铁观音、太平猴魁、六安瓜片、云南普洱茶等等，其属性和特色都说得清清楚楚，谁听了都想品尝一下其中的不同味道。因为做人厚道，人脉关系好，生意做得还算可以，在泰州生了孩子，买了房子，有了车子，手里有了一些钱。后来又改行做起了门窗工程承包，还开起了饭店。

门窗工程承包一般分为两种形式，一种是生产铝合金型材，通过机械制作成型，然后配上玻璃安装到建筑上；另一种是不生产原材料，而是购买其他厂家的铝合金型材和玻璃，再进行加工制作后安装到建筑上。刘老板做的是后者。他在泰州高港区租了三千多平方米的厂房，注册了一家门窗工程安装有限公司，购置了一些设备，招了百余名工人，然后正式开业了。

他认为，创办公司与做茶叶生意相比，区别还是很大的。做茶叶买卖，做不大，即使做大了，也就是个小老板，但是搞公司不一样，可以做得很大，能做成企业家。最明显的区别是：做茶叶生意用不了多少人，自己加一个助手就够了，最多也就几个人，而做企业呢，几个人不够的，发展好了能搞得很大，可以用人几百、几千，甚至几万，更容易体现个人价值和社会价值。

刘老板成立了门窗工程安装有限公司之后，正赶上房地产市场旺盛时期，业务量蛮好的，那几年承接了十几个项目，有小区商品房，有政府安置房，也有公共建筑的门窗安装工程，体量大，造价高，事业做得红红火火。有一次，为了答谢甲方的关心支持，他请我到饭店喝酒作陪。三壶酒过后，饭店的大堂经理和厨师长来敬酒，问大家对菜品有什么意见，刘老板端起酒杯迎了上去："不错不错，我们是老顾客了，感觉菜品和服务一直都是蛮好的。下半年，我也想开个饭店，到时候咱们合伙怎么样？哈哈不扯白（不撒谎）。" 当时众人都乐了，大家都以为是开开玩笑，说说而已。想不到半年后，刘老板和大堂经理、厨师长几个人合作，投资了三百万元，真的把饭店开起来了，在国庆节之前正式开业迎宾。

我在房地产开发企业从事经营管理工作，负责一个大型城市综合体项目的开发建设，对外招待领导、接待朋友，是常有的事，图个熟人熟地，经常选择到刘老板的饭店，加之他在我们项目也做了五栋高层建筑的门窗安装工程，工作上联系沟通较多，所以，见面的机会自然也就不少。

然而这几年，确切地讲，是最近三年，我们见面的次数明显少了。偶尔见到刘老板却总是愁眉苦脸。我发现他抽烟比以前多了，穿衣服也没有以前那么讲究了，茶杯里放的不再是绿色的茶叶，而是枸杞、菊花，或是胖大海、金银花一类的药材。

“心里有事，呀不几（晚上）睡眠不行，所以不敢喝茶了。”他告诉我，老家的父母亲身体不好，早年的时候，父亲双腿腱鞘炎，如今又患上了心脏病，心律失常，心脏血管有问题；母亲呢，得了脑中风，昏迷过三次了。没办法，所以要经常回老家，一去就是个把月，甚至更长时间。

“上了年纪，难免会生病的。”我说。

“是的，老爸喜欢喝酒，以前回老家都是陪他喝两盅，现在心脏病不能喝酒了。”

说起双腿腱鞘炎，刘老板告诉我，父亲一九五三年去朝鲜参加抗美援朝时受过冻伤，右腿中过弹片，动过手术，走路有点跛。

“应该可以治的吧？”我问。

“治过几年，稍微好点，但是天冷了容易犯病。”

“走路可以吧，用拐杖吗？”

“以前不用，现在年纪大了，需要拐杖了，只能慢慢走。冬天最容易疼痛，痛极了就去挂水。”

“给他们找个保姆不行吗？”

“找过，但是没得用。”刘老板摇摇头，“哎呀，说出来觉得蛮丑人（不好意思），找个男保姆，老爸不高兴，找个女保姆，老妈有意见，生活中常常为此讨相绊（吵架），后来想想吧，就干脆都不找算了。”

刘老板的家乡地处丘陵地区，平地里可以种油菜、麦子和少量的水稻，冈岭上栽有茶树。因土地并不肥沃，收成很是一般。但他们对这里的土地山峦却非常依恋，风风雨雨几十年，父母亲就在这里辛勤忙碌，安然自足。

“不在老家的日子总是担心，早不怕，晚不怕，就怕老家来电话，一来电话肯定是有事了。”刘老板眉头紧锁，情绪担忧，他说多次劝父母亲搬到泰州来一起住，生活上好有个照料，他也不需要往返江西这么远的路程了。可是怎么劝，父母亲就是不愿意，他们认为生活还能自理，地方政府也比较关心照顾，主要是舍不得老家的村前屋后，左邻右舍，一草一木。

时间如流水，生活如奔跑，日子一天天过得飞快。一转眼到了去年十月份，我到刘老板的饭店里吃饭，在二楼的走廊里见到了刘老板，他正在和客人说话。我急忙走过去问他，好久没见了，是不是到外地承包工程去了？他悄然地把我拉到一边，黯然地摇摇头，哀伤地说：

“不是的，一直在老家，娘老（母亲）去世办完了丧事，又在老家陪了老爸一个多月，前天才回来的。”

吃完饭以后，客人基本上都散了，我们在包间里坐下来，沏一壶茶，抽着烟，慢慢地聊起来。刘老板无力地靠在沙发上，面色凝重，喝了几杯酒以后，更是容易伤感。他说：“以前回老家，临走的时候，母亲都是送我到村头的路边，然后目送着我，直到我走远，唉！以后再也没有这样的情景了……”说到这里，刘老板哽咽了，他的眼里饱含着泪水，又强忍着不肯流出来。我安慰刘老板：“节哀顺变！人生在世都会有生老病死，人死不能复生，为母亲养老送终，享年八十六岁，我认为你们兄妹已是很孝敬的了。”刘老板又掏出一支烟，认真地点燃，深深地吸了一口，吐出长长的烟气：

“唉，做人难啊！一方面是当儿子的必须要孝敬，另一方面是当老板的必须要担当，两者之间恨不得有了分身术才管用，真是头大。这一次回来，打算把公司里的事情安排一下，然后还要回老家陪老父亲，而且，一定要说服老爸搬到泰州来住，以前没说通，可能是他担心住在一块有什么顾虑。”

“是的，老人和我们生活习惯不太一样，有顾虑也是正常的。”我能体会到这一点。

“所以，现在准备单独给他买个房子，雇个大叔服侍他，这样我们陪他也都方便了。”

“他会不会愿意呢，你回去好好同他商量，能同意就好了。”我也希望他的夙愿能实现。

就这样不知不觉的，我们一直谈到夜里十一点多钟。出了饭店，外面秋雨淅沥，晚风萧瑟，夜凉如水，昏黄的街灯照着寂寥的路面，城市已经进入了梦乡。

刘老板有两个孩子，大女儿上高中，小儿子才八岁。他像父亲，结婚比较晚。原因是父亲快三十岁才从部队转业回来，因为大腿受过伤，走路有点跛，知情的女人不肯与他结婚，一年又一年，拖了好几年才成家。而刘老板自己，是因为跑茶叶生意，想多挣点钱，追求成功再成家，也拖了好几年，到了三十多岁才结婚。这几年，由于长时间在老家照顾老人，公司管理和工程施工的事，他交给了手下人，饭店的经营全靠妻子和几个股东朋友。

有一次在市住建局，得知开发区有个办公大楼的门窗安装工程即将招标，我打电话给刘老板，建议他参与报名投标。这个工程的造价估计在二千万以上，工期六个月，按照正常的施工利润，收益相当可观，是个“短平快”项目。可是刘老板并没有回泰州，他安排鲁总跟进此事。但是由于组织工作不细、统筹不到位，虽然商务标报价最低，但技术标得分不高，最后还是没有中标。

今年九月初，刘老板到我办公室。我发现他苍老了许多，整个人都好像瘦了一圈，满脸倦容，神态疲惫，白头发也比以前多了。

我问他：“怎么啦，搞成这个样子？”

他坐下来，用一只粗糙的大手搓了一把脸，掏出香烟，微微颤抖地点燃，吁了一口气：

“前一阵子在老家，待了差不多半年。最近有了高血压，经常失眠，体质下降。”

“你父亲身体怎么样？”我问。

“唉！甭提了，东奔西走带老父亲看病，心脏病没治好，还又多了一些毛病出来，骨质增生、手脚麻木，胸闷更严重了。”刘老板焦虑地说，显得很无助，也很无奈。

“怎么会这样啊？”

“主要原因是我妈走了，对老爸的打击太大了，不得何（受不了），他的生活至今都没有恢复正常，吃饭不香，睡眠不安，常常夜里起床坐在沙发上愣神。”

不过，让刘老板欣慰的是，父亲同意搬到泰州来住了。前天，刘老板买了一套几十平方米的小公寓，他说等装修一下，就把老爷子接过来。

讲到这儿，刘老板脸上露出一丝难得的笑容：“打算今年春节前把他接过来，在泰州过年。”

临走时，刘老板和我握手道：“过两天打电话给你，请你帮忙去看看房子怎么设计装修，适合老年人居住。”

“好的，行啊！”我答应了。随后我想，老人家是一名老兵，装修的风格是不是要考虑一些军人的元素，室内的色彩是不是可以添加一点绿色的线条，给他一些往事的回忆。

近几年，刘老板的许多时间和精力放在老家，加之房地产行业不再是那么风风火火，他说工程上很少承接新的业务。去年承包的门窗安装工程，由于今年材料价格大幅度上涨，都亏损了；饭店的生意由于疫情影响也处于亏本状态。原本有点积蓄，这几年花得所剩无几，现在买个小一点的公寓，够住就行。再说了，给老人居住的房子也不宜太大，打扫卫生都不方便，房子大了不聚气，对身体健康还可能不利。听了他的解释，我表示理解。

但是，几天过去了，我并没有接到刘老板的电话，我以为有两种可能，一是请我“帮忙去看看房子怎么设计装修”只是客气话，顺口说了一句；二是认为我工作忙，他又请了别人去看了。不管是何种情况，我觉得都是正常的，所以这事我就没去多想。

做房地产企业管理，工作确实比较烦琐，许多工作都是很实际的。行政部、工程部、预算部、营销部、财务部、技术部、开发部，每天需要审批的文件，加起来有时多到上百个。今年开发的项目上，有两个区域，共计二十多万平方米的高层建筑需要竣工交付，由于疫情影响，工期延误了，现在必须战胜疫情抢进度，把时间抢回来，不能影响客户拿钥匙。我们很清楚，有的客户需要装修房子给小孩结婚，有的客户需要安家落户找工作，还有的客户需要房子让孩子就近入学。可是工期怎么抢呢？我们采取了一系列办法和措施。譬如说，督促施工单位加人、加班、加设备，各个分项工程进度责任包干制，早晨七点召开现场会，中午在公司召开问题协调会，一天“两会”。其他的时间，到政府相关部门沟通对接各项验收手续。忙忙碌碌，应接不暇。至于刘老板的事，说实话，我没有过问，甚至连一个电话也没打。

然而，九月中旬见面时，一个意想不到的事实让我万分惊愕。刘老板对我说，他的父亲在一周前去世了。我感到太意外，毫无思想准备。刘老板紧紧地握住我的手，脸色苍白，眼睛发直，嘴唇微微颤动，我看着他的神情，忧伤而又悲痛，说不出话了。

我请他到接待室，坐下来慢慢说。

“最为遗憾的是，接到妹妹的电话，连夜赶到老家时，父亲已经永远地闭上了眼睛，连一句话都没能说得上。就那么巧，才离开几天时间，活生生地就成了永别，唉！”

“怎么这么突然，摔跤了吗？”

“没有，医生说心脏病不能喝酒的，不知道他怎么想的，偏偏要去喝点酒，其实喝得也不多，估计与喝酒有关。”

“有遗书吗？”

“没有。”

“会不会以为你回泰州不管他了，生气了，在家喝酒，心脏病发作呢？”我不解地问。

刘老板接过我递的餐巾纸，擦了一下眼角，重重地哀叹一声：

“应该不会，我都跟他说好了，是回泰州给他买房子呢，过几天就回来的，当时看他还是挺高兴的样子。”

但愿老人家是带着喜悦的心情离开人世的。我和刘老板推测最大的可能性，是知道儿子回去买房子，以后有了新的居住环境，生活条件不同了，想想比较开心，就喝一点酒。还有一种可能，他在家里想，为什么要同意儿子买房子，自己年纪这么大了，让孩子花钱买房何必呢？挣点钱不容易啊，再说了，离开家乡心里还是舍不得，想不通，喝点酒解解闷，却忽视了自己心脏病根本不能喝酒的。但也并非存心寻短见的，因为没有遗书。

刘老板决定房子还是要继续装修。他说虽然父母亲都走了，但是要把他们的寿盒和生前用过的东西搬过来，箱子、桌子、米缸、小农具、旧的军用物品等等，有纪念意义，有的还是祖辈传下来的。他们一生勤俭节约，好多东西从不肯丢弃，我还得把那些东西留着，以后也能给下辈人讲讲。现在的日子越来越好了，但不能舍根忘本。

刘老板领我到了小公寓里，我们一边看，一边交谈，房子里充满着温情。

小公寓虽然小，但很明亮，外面的阳光照进来，显得格外舒适。小公寓的层高是五米的，我建议在中间的圈梁位置植筋，用钢筋混凝土或者木结构再增加一层，做成上下两层，如果老人家的遗物不是很多的话，就摆在上面，上面按照陈列室的格局来装修，下面一楼还可以住人。刘老板说，大致也是这么想的，一楼装修好以后，摆上沙发、茶几、茶具、书柜，空着，有时间就过来坐一坐，静静心，父母亲在世的时候，陪得还是不够啊，想想就难过。

三个月过后，一个惊人的消息让我喜出望外，说刘老板最近“火”了，他与一家高新技术企业合作，利用光伏玻璃生产

“发电窗户”，在合作签约仪式上，市领导作了重要讲话。为此，我想去探个究竟。

在一个星期三的下午，我办事路过城际大道时，打电话给刘老板，正巧他在小公寓里。我迫切地让驾驶员把车开过去，刘老板已经在东大门等候了。他的精神似乎比以前好多了，有一种仿佛完成了什么大事后的轻松。他说进去看看吧，不到三个月就装修好了，上周从老家把父母亲的东西都运过来了。

“这么快啊？！”我表示感佩。

“脚板皮都起泡了，忙个没停。”他一边说，一边搿了一下身上的尘迹，“家事，公司的事，一点不敢耽误。”

走进门，我看见他的妻子也在房间里，手里拿着拖把正在拖擦地面。夫妻俩热情地招呼我坐下来喝茶，我说不急，先参观一下。

一楼是按照会客厅的设计装修的，同时具有接待和休闲的功能。一边摆着三组沙发，中间放一张淡黄色的茶几，上面布置了功夫茶的茶具；另一边摆放着一张写字台，台上放着电脑、台灯、笔筒、文件盒。门的对面摆放着一组枣红色的书橱，我伸头仔细看了看，书橱里的书排得整整齐齐，有《大商之道》《香河》《道德经的智慧》《中外名人全知道》《元红》《中华上下五千年》《成本管理》等等。最让我惊叹的是，居然还有一本颜色泛黄的《毛泽东选集》。东面的墙上，挂着泰州市书法家孙志勇写的四个大字“守正创新”。我用手机拍了下来。

踩着木楼梯，我们走到了二楼。原本我说的陈列室风格，事实上，现在看起来二楼的设计装修一半像是陈列室，一半像是祠室。虽然祠室比祠堂小很多，但也可以供奉与祭祀祖先或先贤，这一点超出我的想象。我们走近首先看到的，是一组大约二米高、四米长的玻璃门橱柜，里面分四层，分别摆放着老式水瓶、木梳、篦子、土碗、物件秤、煤油灯、一扎黄皮纸信封、旧式磁带、手电筒、木制算盘、针线包……还有军用帆布挎包、水壶、印有“抗美援朝、保家卫国”的茶缸、抗美援朝功臣证书、规格不同的毛泽东像章……更为显眼夺目的是“中国人民志愿军抗美援朝出国作战70周年”纪念章。另一侧是祠室的做法，正室内设四个龛，龛中置一个柜，内藏祖宗牌位，称神主牌，四龛神位依次为高祖、曾祖、祖父、父亲，牌位上写着灵位、姓名、字号。每龛前各设一矮长桌，摆放香炉和水果等祭品。刘老板一边带我看，一边介绍，每一个点位，每一件物品，都有它的故事，或沧桑，或感人，或动情，或激动人心。

我们回到一楼坐下来，刘老板泡起了功夫茶。我看到他置于茶荷中的红茶，如精品的黑珍珠一般，散发着温润的光泽。接着开始温杯、煮水、净杯、置茶、注水、洗茶、浸泡、出茶、敬茶，程序娴熟一点也不乱。他闻了闻茶，然后轻轻地啄饮一口说：“总算把这些事情安顿好了，下一步要集中精力搞企业了。如今企业到了关键时期，肯定不能放弃，凭良心讲，员工对公司都是很忠诚的，也是抱有希望的，他们要养家糊口呢！”

“企业怎么搞法，听说你最近搞了一个什么新项目，政府很重视啊？我想听听。”

刘老板说，先是搞企业改革，业务上把公司经营分成两部分，一部分做传统的门窗工程安装，另一部分做现代的光伏玻璃窗，就是能利用太阳辐射发电的窗子，又叫太阳能玻璃窗。这是和一家科技型企业合作的，十八号才签约。这个可以发电的窗户，公共建筑和家庭都可以做，原有的成品也可以改造，属于绿色节能型项目。管理上也在改革，想建立多个股东组成的股权结构，大家合伙起来创业，共同管理、共同经营、共同富裕。当然，也共同承担风险。

“好是好，但如此一来，改革创新需要新的投入，也有一定的风险啊，要注意风险防控。”我说。

“叫他不要搞那么多的事，就是不听。”刘老板妻子笑着插了一句，“把饭店的生意弄好就够了，不要命的，整天就知道折腾。”

“咋个叫折腾！”刘老板笑了笑，点着一支烟，嗞嗞地吸起来， 他转过头对我说，其实也是的，本来我们把饭店的生意做好就可以了，也不想发大财，下一步准备在饭店里隔出一块地方，顺带摆上老本行（茶叶），这样没有什么风险，增加收益，同时还能照顾老家的茶叶生意，赚的钱也就够用了。但是门窗工程公司的员工，还有工人咋办呢？担心他们一个个没事干会失业，他们也都不容易啊，所以说，还得带着他们去好好干事，去好好发展。人活着不就这么回事嘛，不能遇到困难就躲闪啊，解决困难也是生命的意义，逃避不是办法。

“这是好事啊，有责任担当，有追求，有志者事竟成！”我表示赞赏。此时我注意到，刘老板宽而厚实的肩膀，似乎有了更多的承担。

离开小公寓，外面的阳光非常灿烂，净蓝的天空上点缀着几片白色云朵，显得辽阔而又高远，微风和畅，使人心旷神怡，这是春天即将到来的景象。我和刘老板握手道别，他说去公司准备一下，明天有个媒体专访。

第二张身份证

“咚咚咚！”三声敲门声。郑志刚开门一看，是位女子。

“你找谁？”

“我找郑志刚。”女子轻声回答。只见她面无表情，目光呆滞。

“我就是郑志刚！你是哪一位？不认识。”郑志刚有点蒙，他不认识这女子。来他办公室的基本上都是工程上的男人，像这样的年轻女子来得极少。再看这女子，身材弱小，身穿黑色连衣裙，神情漠然，甚至有点冷峻。郑志刚一时想不起来在哪见过，仔细看了看还是不认识。除非以前在歌厅里唱歌认识过，若是那种风尘女子找上门来，岂不是遇到了麻烦？

“您好，郑总！您肯定不认识我。”黑衣女子说，“我想请问一下，您认识顾建华吗？做消防工程的。”

郑志刚突然想了起来。提起顾建华，郑志刚一言难尽，也有难言之隐。不过，他后来怎么样，他与这位黑衣女子是什么关系？今天找上门来又是何事，郑总脑子里充满了疑问。

“顾建华我认识。”郑志刚说，“你进来吧，他现在什么情况，来，坐下来慢慢说。”

第一次见到顾建华是在五年前。那天市消防大队的许科长打来电话，对郑志刚说，我的战友顾建华是做消防工程的，想到江苏来发展，你这个工程副总帮他安排点活儿给他做做，他人很实在的，做工程不用担心。许科长是市消防大队验收科的，专门负责各个项目的消防工程验收。对于房地产开发公司的工程负责人郑志刚来说，这个招呼肯定是管用的。本来就想与许科长再拉近点关系，这不正合心意吗！再说了，如果不是老乡，彼此相处融洽，人家许科长也不可能随便开这个口。

但不是随便什么人都能做消防工程的。在建筑施工中，消防工程是一项专业性很强的重要分项，不仅技术含量高，而且施工的规范性很强。它是系统化工程，涉及消防水、通风排烟和自动报警等多项技术。这项工程一般都包含在总承包施工范围内，如果向总承包单位推荐分包单位，心里必须有底。万一推荐的分包队伍不行，拖了工程的后腿，那不是打脸的笑话吗？为此，郑志刚想到顾建华的公司和施工现场实地考察一下，但他不能说考察，怕许科长知道了有想法，只说路过合肥顺便来拜访一下。

这一来，郑志刚第一次见到了顾建华。他不像是企业家，也不像传说中的大老板，如果走到大街上，他跟普通的农民工没有多大区别。瘦高个头，短发方脸，四十多岁比同龄人显得老气。相比之下，他的司机倒是更像大老板，郑志刚一下车就认错了，他先和司机握了手。然而，顾建华的讲话听起来很有军人气质。那天走到他公司的门厅处，顾建华停下脚步，指着墙上的一幅横匾，坚定而自信地介绍说：

“郑总，你看这四个字，诚信为本，这就是我们公司的经营宗旨，做人做事要讲诚信，诚信是立身之本、处世之宝。”

公司并不大，郑志刚看了，除了顾建华的办公室以外，还有一间会议室兼接待室，一间财务室，三间工程管理室。室内的装修也很平常。当时有三位管理人员陪同郑志刚，他们前后介绍了公司从成立到发展的基本情况。其中一位是顾建华的表姐夫，他说了一句有针对性的话：

“郑总，你别看我们公司不那么豪华，可我们的实力主要在工程现场，我们做的每一个工程，都是精品。”

随后，顾建华带领郑志刚参观了附近的一处工地，从地下室到楼上都转了一下，与现场的工人简单聊了几句。郑志刚主要是了解工人的薪资发放情况和工程质量管理如何。走出人声嘈杂的工地，郑志刚又找到建设单位和监理单位的相关人员做了交流。至此，郑志刚对顾建华及其公司有了比较全面的了解。

顾建华退伍后想干点事情，他利用在部队学到的消防知识，选择了做消防工程施工。开始的时候没有条件，只是带几个工人从小班组施工做起。也正是因为消防工程的专业性比较强，他的施工优势有了突出表现，每到之处，口碑和信誉都不错。那一年，市场材料和设备价格猛涨，工地上的其他分包班组怕亏本，直接停工了要求调价。只有顾建华的班组一直不停地在施工，默默地承受着市场涨价的风险。由于担心工程停工会影响交付，甲方领导找到顾建华，请他帮助把其他班组停下来的工程接过来全部做掉。他居然同意了。关键时候逆势而为，让甲方领导非常感动。为了弥补顾建华的损失，甲方决定后面的几个项目，所有的消防工程全部交由顾建华施工。于是乎，顾建华的小班组一下子扩大到了几百人的施工队。有了人，又有了钱，他成立了公司，租了现在的一层办公楼。现场人员反映，顾建华这个人做事很认真，很讲信誉，他答应的事肯定能办到，从来不忽悠人。他也是个爱交朋友的人，讲义气、爱帮人。他的缺点是抽烟喝酒，容易听信别人的话。

考察之后，郑志刚心里有底了。他把总承包单位的项目经理叫到办公室，开门见山地说：

“我推荐一个专做消防工程的单位，分包你们的消防单项工程，有资质有实力，管理费你们扣掉，剩下给他们。”

项目经理怔住了，蹙着眉头为难地说：“郑总，消防工程这一块有人做了，早就谈好了，就差合同没有签。”

“退掉他，用我推荐的单位。”郑志刚果断地说。这就是甲方领导的口气，直截了当，带有命令式。

“不好退啊郑总，这家队伍是我们总公司老总的亲戚呢，退不了啊，怎么办？”项目经理急得直挠头。

“告诉你，我推荐的队伍，你用也要用，不用也要用。这是政府领导的关系，具体我就没必要说明了。”郑志刚态度强硬，他从转椅上站起来，大声地说：“你回去协调，实在不行各做一半。我让这家公司负责人明天过来与你对接。”说完一挥手，意思是你走吧，就这么定了，不听项目经理多解释。

项目经理是工程项目上的权威人物，是施工总承包单位安排在工程现场的主要负责人，对工程进度、质量、安全、成本等全面负责。尤其在工程款支付环节上，各班组和各工种的工作量计算和付款，项目经理有绝对的话语权。在工地现场，基本上都称项目经理为“总”，什么陈总王总之类的。只有开发公司的管理人员称之为经理。在房地产和工程建设领域，开发公司是投资方，又叫建设方、甲方，相当于出资盖房子的东家。总承包单位是施工方，从理论上讲，这两个单位是平等的，而实际上，建设方的地位要高出很多。

第二天下午，顾建华风尘仆仆地赶来了，还带着他的表姐夫吴传洪。

项目经理领着姓金的老板随即到场，在郑志刚办公室，五个人一会儿抽烟，一会儿喝茶，谈话的声音忽大忽小，足足谈了三个小时，最后才签订了消防工程合作协议。

问题的焦点，并不是消防工程给金老板承包一半，而是施工主体要以金老板的公司名称，工程款也是要先支付到金老板的公司账户。工程量变小了可以接受，但是顾建华对这种合作方式很犹豫。他对金老板不了解，他的公司信誉好不好也不清楚，工程款先打到他的账户，能不能及时转付？他无法控制。

看到郑志刚热心帮忙，顾建华不好意思当场拒绝。但是吴传洪很积极，他对顾建华说，没关系，这个工程我个人承包了，利润三七开，自己拿30%，剩余70%给顾建华。

看到吴传洪信心满满，顾建华说："今天当着甲方和总包单位的面，我们说话要算数，说定了这里的消防工程由吴传洪全权负责，包括材料设备的采购和施工人员的安排。施工利润是第二位，摆在第一位的是把工程做好，不能拖了进度和质量的后腿，更不能发生安全事故。"

吴传洪不停地点头，他表示："这个请你们放心，虽然是我个人承包的，但会按照顾总的要求，圆满完成任务，诚信为本，不掉链子，我签字我负责。"

其实顾建华不太高兴。他觉得表姐夫今天讲话有点内外不分，自己想单独承包工程也可以理解，偏偏要说什么利润不利润的事儿，还把三七开这种话抖出来了，感觉有点叛逆。以至于晚上喝酒的时候，他心里郁闷，忘了吃药，也忘了打胰岛素。

对于郑志刚来说，今天可算是完成了许科长交给的"任务"，不论他们的合作是什么方式，自己算是尽到帮忙的义务了。一想到顾建华还带了那么多的烟酒放在办公室，他的酒兴更高了。心想，既做了好事，又从中得利，谁不希望这种事越多越好啊？饭后，郑志刚交代吴传洪，一定要把顾老板送到宾馆让他喝点水再休息，感觉他今晚喝多了，眼睛里充满了血丝，脸色红一块白一块的，走路有些踉跄。

郑志刚躺在床上睡不着，仔细想来，今天下午的情况，确实有些出乎意料。自己推荐的消防工程，转眼间变成了吴传洪个人承包了，关键是合作协议上没有顾建华的签字，也没有他公司的公章。顾与吴到底是什么关系？这件事如果往坏处想的话，吴传洪没有实力把工程施工到位，一旦出了问题，他不负责任怎么办？再一想，金老板的实力也不知道如何，会不会连累吴传洪？总之，这中间哪个环节出了问题，自己都会受到牵连。当然，工程进展顺利，不出差错那是最好不过了。但愿这些担心是多余的。

消防工程施工分为三个阶段。第一阶段是主体结构施工时的预留预埋，第二阶段是设备和管线的安装，第三阶段是消防系统的调试和试运行。应该说，第一阶段吴传洪的班组施工是及时的，施工质量也很好。但是一年后，到了第二阶段，郑志刚所担心的事情还是发生了。材料和设备进场迟缓，严重影响工程进度，土建和装修等其他工序因此难以推进，现场叫骂声一片。吴传洪在会上答应的完成时间，多次不能兑现。无奈之下，项目经理来找郑志刚求助。

"工期拖延三个月了，再拖下去，工程无法按时竣工交付。"项目经理愁容满面，急得瞪大了眼珠子。

"什么原因？是采购问题，技术问题，还是运输问题？"郑志刚问。

"说到底，是资金问题。"项目经理对郑志刚反映说，"吴传洪缺钱，厂方不发货，或是给一点钱，发一点货，大批的材料设备一拖再拖。”

郑志刚握起拳头在办公桌上使劲砸了一下：“你把姓吴的叫来！”

“没用，找他来没用，我们找过他几十次了，他答应想办法解决，可就是不解决，态度很好，就是不办，拖着。”项目经理的声音有些沙哑。

看来只能找顾建华了，如果还不能解决问题，那得找许科长，一个一个找。最怕的是找了他们都解决不了问题，那这个锅就背大了，后果不堪设想。郑志刚产生了担忧，甚至恐惧。本来，郑志刚不想打这个电话，过去的一年中，他和顾建华通过几次电话，还称赞吴传洪的工程做得不错，这会又要说出现问题了，这话儿不知道该怎么说，但是不说又确实不行。

电话打通了。还好，尽管顾建华迟疑了一会，但最终没有推辞，他答应抽时间过来了解情况，尽快处理。

仅隔两天时间，顾建华就来到了工地，他上上下下跑了所有的楼层，检查了现场的工程量。他对郑志刚说，主要问题是缺乏材料和设备。吴传洪没有资金购买，他原本想把名下的一套房子卖了，但一时没有人买，家里有点钱都拿出来了，但解决不了大问题。顾建华告诉郑志刚，虽然这是吴传洪的事，但是这事不能不管，兄弟们帮忙，不能让你们为难。这一次来，把材料和设备清单核对好了，立即安排采购，一周内可全部进场。吴传洪答应了，下一次工程款到了，把顾建华垫付的货款付清，这一次，算是借了顾建华的钱。

顾建华说，这一趟是抽时间过来的，不在这儿吃饭了，回去还有其他事情要处理。最近又开了几个门店，卖消防器材和水电管材的，遇到的问题也不少，忙得很。他临走时唉声叹气："唉！亲戚朋友找到我，都想找个事情做做，开一个门店，能解决几个人的就业。但是，事情多了精力跟不上。"

顾建华整天奔波，司机闲不下来。很不幸，就在回去的路上，驾驶员因疲劳驾驶撞上了高速公路的护拦，胸腔大出血当场死亡。所幸顾建华经抢救保住了性命，但身体严重受伤。

谁都没有料到这一起交通事故，更没有料到他安排的消防材料和设备一周后如数抵达现场。整整三大卡车，包括消防主管、烟感器、喷淋头、风机、清防箱、消防柜，按照清单一个不少，而且都是正规厂家的合格产品。吴传洪说，这些货的总价值是120万元钱，都是顾建华全款垫付的。原来，在出事之前，顾建华已经安排好厂家发货的事了。

有了足够的材料和设备，工地现场像注入兴奋剂一样活跃起来。工人们拉的拉，扛的扛，抬的抬，电锯声、锤击声，不绝于耳，大家干得热火朝天。项目经理的脸上露出了轻松的笑容。

在工地现场检查时，郑志刚遇到了吴传洪，他问顾建华现在怎么样，吴传洪吞吞吐吐说不清楚。

"你应该抽空去医院看看他。"郑志刚说。

"最近抢工期，没空去。"吴传洪说。

"再忙，你也要抽时间去一趟医院，看看顾总。"郑志刚指着旁边的一堆消防材料，感慨地说，“顾总是为了你的事情来这里，回去路上发生车祸的，你看这些材料设备，多亏他的鼎力相助。”

吴传洪摘下安全帽，抓了一下头发，不以为然道：“他这个人，如果那天不急着回去就没事了，出事完全是他自己找的。做老板的应该坐在办公室才对，可他整天在外面跑，帮这个亲戚，又帮那个朋友，出力出钱不讨好，瞎折腾！”

“你这个人讲话，”陪同的项目经理接过话茬，“人家助人为乐，怎么能说他是瞎折腾呢，切！”

郑志刚白了吴传洪一眼，没吱声抬腿走了。他心想吴传洪这个家伙，好像人品有点问题。

郑志刚了解到，顾建华受伤，主要是脑震荡和脑内两处血管破裂。第一次手术成功脱离了生命危险，第二次手术要等身体恢复到一定状态之后才能进行；其次是腰部和左大腿有三处骨折，需要卧床治疗三个月以后才能下床。幸亏现在的医疗技术高度发达，加上抢救及时，不然他早命归西天了。在院期间，来看望顾建华的人络绎不绝，送鲜花的，送水果牛奶的，送营养品的，东西一大堆。然而，却很少有人知道，顾建华的妻子整天在为医疗费发愁。说来话长，前年一位朋友到银行贷款两千万元，需要一个公司做担保，本着对朋友的信任，顾建华在他的担保书上盖了章、签了名字。不料这位朋友生意失败无力还款，最近银行通过法院查封了顾建华的公司账户和个人信用卡。下一步，法院判决后会直接划扣他的资金，拍卖他的房产。即便这样还有差额，因为顾建华所担保的金额，超过了他当前可变现的资产。

真是祸不单行，无钱难倒英雄汉。顾建华非常窘迫，他现在靠借款和变卖亲戚朋友的礼品来维持高昂的医疗费。这种日子非常痛苦。更让他焦虑的是，还有那么多员工和工人需要工资和生活费，此时的困境，只有顾建华自己最能体会。

半年后的一次见面，证实了郑志刚了解的情况是真实的。

这一次见到顾建华，郑志刚感到十分震惊。他是拄着拐杖来的，一拐一拐地，拖着沉重的脚步。他揭开深灰色的鸭舌帽，头上手术留下的长长的蜈蚣状伤疤，谁看了都瘆得慌。顾建华面如土色，目光凝重，牙齿掉了几颗尚未修复，讲话有气无力。

郑志刚说："你应该在家休养身体，还出来干什么，有事电话联系也是可以的。"

"前天才出院，我不出来亲自跑，不行啊！快春节了，要把能收的款项，赶快收回来，要发农民工薪资。"顾建华缓缓地说，"我刚才找了吴传洪，他的货款至今没有给我，电话打过多次都没用，只好亲自来一趟。"

"你说上次那个货款，他至今没有给你吗？"郑志刚很诧异，"那老吴这家伙太不够意思了。半年前，如果不是你帮他垫资采购，总包单位肯定取消他的施工资格，让他滚蛋，前面的工程款作为违约金赔偿，可能还不够。"郑志刚愤愤地说。

“是的，没给！他一毛不拔。不到无奈的时候，我真不愿意跟你讲出这种丑事，本来这是我们内部的事情。这次来，还请郑总帮忙协调一下，劝他把前面的货款给我。年底了要用钱，工人们都盼着呢。”顾建华颤巍巍地抖动着嘴唇，声音渐渐变小。

顾建华对郑志刚说，没想到给朋友害了，他对朋友贷款做生意失败这件事，有点怀疑，多半是不想还钱硬是把他拖下了水。现在法院不仅冻结了他的所有账户，还把协助执行通知书传到了他承包工程的甲方。唯有这个项目，是吴传洪个人承包的，不然的话，工程款一样被法院查封扣留。之前开的几家门店，有一半以上已经关门了，生意实在撑不住，实体店被网购取代是不争的事实。剩余的门店，生意倒是马马虎虎，但合伙人以各种理由，不按合同约定返还投资款。

临走时，顾建华握着郑志刚的手，艰难地说：

“这些事情，你不要告诉许科长了，免得丢战友的脸。郑总，我最相信你的为人，你也要相信我的话。”他哽咽了一下，“唉，本来身体就有严重的糖尿病，这下搞得更不行了。请郑总多费心了，等年后，第二次手术做过了，我再来拜访你。”

望着顾建华的背影，郑志刚的心里五味杂陈。时隔一年多时间，他竟然落魄到这种地步，这反差也太大了，几乎判若两人。如果不是亲眼所见，真的很难相信。

第二天，郑志刚把项目经理和吴传洪约到办公室，三个人面对面坐下来。郑志刚毫不客气地责问项目经理和吴传洪："我们开发公司是不是按合同和工程进度付款的？不差钱对吧？你总包单位有没有按合同和施工进度，对班组足额支付工程款？"

"付了，按协议足额支付了。"项目经理肯定地说。

"好，吴老板，"郑志刚指向吴传洪，"你收到工程款了，为什么不支付顾总的货款？我昨天才知道，你至今一点都没付呀！"

吴传洪沉默不语。

郑志刚接着讲："吴传洪你这个人真差劲，不要说是远房亲戚，即使是普通朋友，你也不应该这样。当时说好的付款节点，你不讲诚信是不是？何况人家顾总现在落难之时，你好意思吗你？"

吴传洪埋头抽烟，像个囚犯一样耷拉着脑袋，一句话不说。

"老吴你说话，为什么不信守承诺？"郑志刚怒视着，声调提高了。

"没钱付。"吴传洪从牙缝里挤出三个字。

"钱呢？付给你的工程款都到哪里去了？"郑志刚追问。

沉默。

"他买了一辆宝马车，又付了一套房子的首付款。"项目经理说，"估计是没钱了。"

"我说老吴你这人还有没有良心啊？顾建华到了这种地

步，你不但没有帮助他，欠他的钱都不肯还，你当初怎么说的？诚信是第二张身份证。”郑志刚一脸的愤恨，他用两根手指头点了点吴传洪。

“这样吧，你们两个听好了，”郑志刚严肃地说，“昨天顾总拄着拐棍来跟我讲了，他年前要支付农民工薪资，他的公司遇到了官司拿不出钱来，年底急需用钱，下一笔工程款，一定要把他的120万付掉，没问题吧？”

郑志刚又补充道，“资金如有欠缺，吴传洪你把车卖了。”

吴传洪点点头：“好的，知道了。”

“一言为定。哦，还有，”郑志刚对项目经理说，“这件事，你负责督办。”

在房地产开发建设管理过程中，类似这样的事情，绝不是一次两次。郑志刚处理这类经济纠纷还是积极的，不说社会责任感，只是凭良心办事，为人公道。因此，感激他的人很多，但也有人恨他。

春节前，是郑志刚最忙的时候。这个工程副总可不好当啊，找他算账的、要款的人，天天在排队。对于总承包单位来说，下面有十多个班组，而对于开发公司的郑志刚来说，有六十多家单位：土建安装、景观绿化、供水供电、装饰装修、人防安防，你说哪家单位不要钱过年？所以说年关年关，这个关真的把人搞得焦头烂额。而今年，房子不好卖，公司资金很紧张，为了妥善处理好春节前的农民工薪资发放，郑志刚做了大量的工作，一直忙到大年三十。

许多当老板的，尤其是做工程的包工头，一到了年底，他就把手表脱了，金项链、金戒指下了，豪车也不开了，换上朴素的旧衣服，一副穷酸样。过了春节立马大变，有钱有势的企业家形象和老板派头，无不彰显十足。在春天，一般来讲，没有什么人追要工程款了，倒是追要业务的情况比较多。

然而周六上午，郑志刚正在和妻子愉快地散步，一条信息让他惊停了脚步。

“郑总您好！医院急需用钱，向你借五万块钱好吗，谢谢您！”信息后面附有一串账号，收款人是另一个人的名字。郑志刚疑惑地再看看手机，没错，确定是顾建华发来的。为了排除电信诈骗，他拨通了电话。但顾建华只讲了两句话，就被别人接过去了，传来一个女人的声音：“我是顾建华的老婆，医生不让他多说话。明天要做手术，需要钱，请郑总帮助借一下。前几天他突然犯病了，头痛得厉害……年前把钱都用光了，实在没办法，谢谢啊！”话声凄婉，显得很无助。

当了这么多年的工程副总，从没有施工方跟自己借钱的，这是第一次遇到。来不及多想，挂断电话，郑志刚没有兴趣散步了，他跟妻子简单地讲了几句，连忙打上出租车，去办理汇款。

再见到妻子时，郑志刚发现她绷着脸很不高兴。妻子说，你不要那么天真，姓顾的根本不是病重需要借钱，实际上他是做完了业务，要把给你的东西要回去。商海无情只认钱，看你以后还敢收人家的东西吗？郑志刚不这么认为。但即便如此，他收取顾建华的烟酒和茶叶也值不到五万元，难道还要加上利息吗？怎么加也没这么多啊。被妻子一顿数落，郑志刚倒是觉得，不是没有一点可能性，毕竟有过许多镜子在那摆着呢。无论如何，这事反正过去了，郑志刚不再多想了，也不愿向任何人提及这件事，就让它烂在肚子里，永远就当没发生过。

今天，黑衣女子问郑志刚是否认识顾建华，让他惊讶不已，往事沉渣泛起。

“我是顾建华的女儿，我叫顾小玲。我爸他临终前交代，一定要把五万块钱还给您，并且要我当面向您表示感谢！”

“啊！他，顾总他？”郑志刚几乎不敢相信自己的耳朵，但一种不祥的感觉从天而降。

“我爸上周走了，”顾小玲低下头，从包里掏出纸巾，擦着眼泪，“还没过五十岁生日……他不光是车祸造成的，也是给朋友气死的。”顾小玲啜泣着说。

“气死的？”郑志刚不解地问，“吴传洪的钱，去年底都给了吧？”

“没有全给，只给了一半。”顾小玲说，“我爸和他闹翻了，听爸说过，跟这个人从此绝交，不再联系他了。”

“不对吧？”郑志刚疑惑，“当时说好的，春节前付清120万，吴传洪答应的好好的。”

“真的，只给了60万，吴传洪说做这个工程亏本了，没钱给了。所以我爸跟他吵呢。算了，我爸生前对我说过，不要再找他了。”

顾小玲对郑志刚说，春节前，顾建华为筹集资金使尽浑身解数，但有的钱款就是追不回来，他又急又气又累，糖尿病恶化导致综合症愈发严重，心脏和肾脏衰竭，加上车祸造成的大脑损伤，颅内再次出血，住进医院，医治无效离开人世。

“吴传洪这个狗日的，太不守信用了。”郑志刚骂了一句。

“算了郑总，只怪我爸的命不好。”顾小玲将包好的五万块钱放在郑志刚的桌子上，向郑志刚深深地鞠了一躬，连说“谢谢！谢谢！”转身走了，一边走一边擦着眼泪。

郑志刚好久才回过神来，他抓着一沓现金追上顾小玲：“这钱我不要了，你先拿着用吧。”但是她头也没回，越走越远。

郑志刚咽不下这口气，真不相信自己这点能力都没有，做人做事太失败了。他绝不相信吴传洪说的这个工程做亏了，更不能容忍应付的款项没有着落。他决定，非要把这件事情搞个水落石出。

事不宜迟，郑志刚组织召开了一个小型专题会，专门协调分包队伍的经济纠纷。他通知手下的工程部经理、预算部经理、总承包方的项目经理及其吴传洪，一起参加。

“你是什么项目经理？”郑志刚听过汇报，开口就指责项目经理，“你和吴传洪联手欺骗顾建华，还敢欺骗我是不是？”转脸对吴传洪说，“你的欠款至今还有一半没给顾总，什么意思？你是老赖是不是？说工程亏本了，我才不相信你这种鬼话呢。”

一顿叱责之后，郑志刚努力平静下来，他说：“我要求你们对本次消防工程进行清算，我方预算部经理和工程部经理参与，三方对消防工程的完成量，包括材料费、设备费、人工费等，进行全面核算，一周内完成。一个月之内，你们必须把顾建华的钱，给到他家属手上。否则，你们休想再支付任何工程款。”

几个人像塑像一般坐在那里，一动不动。

郑志刚使劲拍了一下桌子：“散会！”

……

两周后的一个下午，郑志刚的手机收到了顾小玲发来的信息，他看了之后，感到一阵悲喜。

“郑总您好！刚才吴传洪来我家了，给我妈送来了80万块钱。太感谢您了郑总，跪谢！！！”

三年后，郑志刚得知，顾小玲继承了父业。在原来的基础上，公司有了新的发展。但愿她秉承父亲“诚信为本”的经营理念，事业旭日东升，蒸蒸日上，兴旺发达！

励志访谈

听说是省电视台来的记者，戴为明很重视。

三个人已经到接待室了。戴为明一进门，陈记者就介绍说："这是我们电视剧制作中心的丁导，他还是我们省电影家协会副主席呢！这个小伙子是摄像师小田。我自己就不用再介绍了，上次来过。"

陈记者说："今天我们省广电局的《人物专访》栏目组过来，主要任务是请戴总详细介绍一下你的成功之路。目的是通过你的经历和感悟，给我们当代人一些启示，以帮助我们更多的人走向成功、少走弯路。"陈记者转过身来，她说，"为什么今天把丁导也请过来了？是想把你的故事拍成电视连续剧呢。"

丁导说："戴总你是成功的企业家，平时很忙的，今天难得为我们抽出一天时间，表示感谢啊！我们打算从现在的九点到下午五点，仔细听你讲，你讲得越细越好，我们负责记录。"

陈记者说："好吧戴总，下面把时间交给你，先从你的小时候说起，好吧？"

戴为明坐好，他把茶水放在前面的桌子上，摆好姿势，开始了他的讲述。

"好的，那就开始了。"戴为明说，"我出生于农村，在五月份的一个傍晚，有云，但没下雨。听母亲回忆说，我出生时，是邻居陈胜国母亲与赵强母亲接的生。出生后，出现了'假死'现象，有较长时候的沉默。赵奶奶说，这孩子，以后不寻常哟。

"但我还是活过来了。那是1966年在生产队，日子过得清贫。当年家里只有三间草房子，生活艰难，小叔后来当兵去了。那时母亲对我相当珍视，其中有一个原因：在我之前有过一个哥哥，出生时经历了一场死去活来的痛苦，母亲从城里回到家里，身体弱不经风，可怜巴巴的。她非常想吃点东西，那会儿四处寻找，好不容易才找到一把挂面，但上面满是尘土，已经发霉了，伸手抚摸着挂面泪如泉涌。处于那样的境况，那孩子都活下来了，但是，当他刚刚能带给人们微笑的时候，却因为营养不良得病走掉了，仅仅活了七个月。

"母亲经常说，我两岁的时候，长得特别逗人喜爱，每次抱我出去都有许多人逗我、夸我、惹我笑，那是很高兴的。而苦恼的是，母亲出门挣工分了我没人带。我爷爷奶奶死得早，父亲在学校，还忙生产队的账务。我无处安身怎么办？只好寄托在前面的二爹家。他是我爷爷的弟弟，家有一儿一媳，家境比我家好。他们待我跟自己家的孙子孙女不太一样，所以那时我受了不少的委屈。

“在这一年，我的二弟出生了。

“母亲讲过当时生产队的情况，白天忙着‘抓革命，促生产’，晚上开展‘千万不要忘记阶级斗争’教育活动。背毛主席语录、唱红歌，口号和歌曲不绝于耳。那时的社会形势和农村氛围是相当好的，整天忙得不歇，有时大年初一还要搞个开门红。

“大概四岁多，我好像记得自己睡在摇窝（摇篮）里，母亲哼唱着催眠曲。只是好像记得，一种悠缓的曲调。

“我开始迈开小脚，在不平的泥土地上走动，张开嘴巴啊啊乱叫。我到处玩耍，非常调皮：把石头放进菜坛里、将火叉拿出门外、玩火柴、把火柴棒撒得遍地都是，有一次，我居然把布票和粮票撕成了好几片。

“在次年的五月份，六个月的二弟被姑妈领去抚养了，骨肉就此分离。要问为什么？因为姑妈有病不能生育，可是她拼命想要小孩。我姑妈嫁得早，据说我奶奶去世，她年仅九岁便出嫁了，做了童养媳。姑父是个军人，在部队干了近十年，回来后当过基层干部，有见识有能力。二弟在他们的抚养下成长，条件显然要好一些。

“慢慢地，我有了模模糊糊的记忆。印象最深的是，我躺在摇窝里，母亲总是哼唱着那首摇篮曲，那节奏是缓慢的和悠闲的，带着一种无心无意的淡淡的忧伤，那曲调悠扬飘忽，由高及低，婉转回旋，让我听了之后，思绪渐渐地离开了自己，不由自主地飞到另一个世界去，听着听着便睡着了。但有时我睡不着，眼睁睁地望着母亲，她一边用脚踩着摇窝，一边用手纳着鞋底，一针一线地忙着，那一针一线，仿佛刻在我的记忆中。

“大了一岁，我对玩的兴趣也大了。村庄只有四户人家。赵家的女孩子，王家的男孩子，比我大的，比我小的，都在外面一块玩。母亲每天出工前把我送到前面的邻居家，有时还带着鸡蛋什么吃的东西。尽管那样，华华还是经常仗势打我，母亲看我的脸上常常留下血痕，她看了暗自流泪，父亲安慰说，孩子受点欺负是件好事，这样他的内心才会强大。

“母亲要求我做家务事，在开始做一件事之前，总是一大堆的教导。但我往往还是做不好。记得有一次母亲叫我去邻居家‘行点茶’，我慌慌忙忙地跑过去，吞吞吐吐地说：妈叫我往你家借点茶。邻居当即笑问：‘行茶不用还，借茶，那你什么时候还我呢？’

“我的三弟出生时，我正在外面玩。父亲叫我到房里去，说：‘你看看，你妈给你生了一个弟弟。’母亲将赤红弱小的三弟抱过来，让我瞧了一眼。我不记得当时说了什么，但我记得伸了手要去摸他，被父母拦住。后来，我歪三扭四地跑出门了。二十年后，有人说，是三弟改变了全家人的命运。

“那以后，我的玩心受到了限制，有时帮家里干点小事，常常还要给三弟晃摇窝。做事往往得到了更多的吃食。特别是父亲，他几乎每次上街回来，都要带点吃的给我。那时候，哪怕是一根油条，有东西吃就是最开心的事。

“父亲总是在外面忙着，即使在家，也有些人来找他。那时的我，有许多时候觉得有一种莫名的孤寂。”

陈记者问：“以上这些都是后来知道的，那时候戴总你并没有清晰的记忆吧？”

“是的！大概到了五岁，我才真正的有了记忆。”

戴为明说，“我记得自己好不容易盼来了新年，父亲用一副担子将我和三弟分别放在两头，肩挑着，徒步去往外婆家。一路上嘻笑，惊奇，享受着腾空飞越的快乐。外婆家住在太平街过去的村庄，这村庄不小，沾亲带故的有十几家。外婆家只有两间草房子，我有一个舅舅，三个姨妈，当时尚未出嫁。外曾祖父和外曾祖母还活着，外曾祖父是教书先生，他给我的印象是相当庄重的。听父亲说，他看人走路的姿态可判断其人品和前途。但这一年，他去世了，享年七十岁。

“随着时间的推移，我的活动能力逐渐大了起来。我和华华、云子、贾子等小孩子，觉得每天都有好玩的事，一切都是那么的有趣。我开始对玩动起了脑筋，常常嘀咕说，玩什么呢？我也对同伴说过，我们现在玩什么呢？想了想，便来了主意。

“爱玩是我童年的一大特点，使我幼小的心灵获取了欢乐和活力。我不但爱玩，而且会玩，能玩出头绪来，能让别的孩子跟着我一块玩。这一年，我好像有了思维，能简单地考虑问题了。比如说，玩到什么时候该停止，因为母亲做活要回来了；吃过饭安排什么时间在什么地方继续玩。”

“玩是孩子的天性，”陈记者说，“现在好多家长只叫孩子看书写字，不让孩子玩，其实这样不利于孩子的智力开发。”

戴为明说，“是的，但也不全是玩。按照母亲的要求，我不得不干一些家务事。我记得当时是不愿意做事的，常常因为做的不对头而被打骂。母亲打我那可是实实在在的，不是用弯起的手指，就是用扫把棍、鸡毛掸柄。后来外婆说，不能往头上打，打屁股没事。我确实不听话，一顿痛打之后，呆呆地伫立半天，不跑，光哭，有时还顶嘴，结果更是被打。不长时间，痛苦消失，忘得干干净净，什么教训也没得到。

“父亲依然在校教书，好像他还住校。父亲对我的成长是顺其自然的态度。母亲给我的记忆，是勤劳担当，家里家外忙得周详。我随母亲打过猪草，拾过稻穗，种过菜园。在母亲的引导下，我放鹅、扫地、烧锅、照应弟弟。我最喜欢早晚放鹅，放鹅的时候可以玩各种花样，经常因兴趣未了而迟迟回家。此外，带弟弟也占了许多时光。看着弟弟我会感到孤单寂寞，因为他刚学着讲话，我盼望他快快长大和我一起玩。

“六岁时，我脑际里滋生了幻想。

“外婆家后面有一条曲折的、峡谷般的小河湾，两岸的地面上长满了青绿的小草。春天，我跟着小姨去放牛，在那片草地上采摘不知名的野花。望着小河湾缓缓流淌的河水，我泛起了幻想：想着这河水来源何处，又流往哪里，我想象自己坐上一只小船，随之流去，是否能漂到大海。

“没有人注意到，我正在幻想的那会儿，有点稚嫩的样子，双手托着下巴，呆呆的，不作声息。

“我似乎出现了智力和模仿力，在与云子、华华和贾子打‘牌格’游戏的时候，往地上四周探望，看哪边的空隙大；捉蜻蜓根本不怕炎热，悄悄地，轻手轻脚地去捕；看到新奇的东西，我赶快模仿去做。比如说独轮车、树叉泥、泥孩子……我都做过。看到村里老人去世了，也要模仿一下，回来把青蛙弄死装进泥做的棺材里，然后要同伴们护送着抬到远处埋下。

“三弟已经能走会爬。他常常跟我争一件东西，我越是不给，他越是要，尤其是吃的东西。三弟老实听话，只要给他一点吃的，比方说锅巴，让他干什么都行。

“这一年，四弟降生了。我清楚地记得四弟的胎衣埋在什么地方。

“从此，我要照看两个弟弟，又要忙一些家务活。特别是放牲口，拾猪粪。我弄不明白，那年头的猪粪怎么那么金贵。我懒洋洋的不想做，为此常常挨打。有一次，我恐惧地跑到东边吴奶奶的家门口，站了好久，一动不动，几乎有了睡意，后来是父亲将我拉回去。我的童年是伴随着母亲无数次的惩罚长大的。现在想来：严管是爱，随便是害。那时玩的精力和兴趣旺盛无比，一天到晚不觉得累，总是拼命地实现自己玩的欲望。不过在玩的过程中，也开发了智力、形成了想象力、锻造了思维、增强了体质，为健康成长打下了基础。

“冬至一到，大雪纷飞，穿着臃肿的冬衣在屋檐下，我拿着竹杆打屋檐下的冰锥，拾起来用嘴品尝。还带领弟弟打雪仗。水面上结冰了，我们却玩得开心，想从上面走但又害怕，常常把鞋弄湿了让母亲忧心发怒。可惜正月一过，农活就层出不穷。家里喂鹅靠我挖菜，在那绿色的大自然中寻找，我产生过多少焦急和担忧。在地上挖野菜，发现有一种可以吃的植物，这是当时很欣喜的。

“夏天开始，麦收季节，我一边放牲口一边玩。拾麦穗，临时造锅起火烧吃的；玩水沟做桥，做成电站的样子，用麦秆做水轮，流水带转感觉很成功。插秧季节，我拿秧苗回来插在檐沟里。白天到处玩水捉飞虫和爬物，捉迷藏猫，晚上先要捕几只萤火虫，用泥巴造一辆拖拉机，把萤火虫装入“车灯”里，然后推着前进，一亮一亮的，以为很精彩。晚上吃过饭，我与父母、弟弟一同睡在凉床上，望着天上的星星和月亮发问。风轻轻的很凉爽，夜晚那么宁静安然。父母亲给我们讲起了往事，还有那月姥姥的神话。慢慢地，不知不觉地，我在母亲手拿的巴蕉扇下进入了梦乡，忘记了数星星找卫星，思绪去往那遥远的星空。

“夏天，我们最爱到池塘里洗澡和游泳，跳水、扎猛子都干过，直到水温渐寒。这是那个年代应该会的技能，摘菱角、摸螺蛳、捞水蚌、采藕，样样都要会。到了庄稼收割的时候，我们赤着脚，活动于田野之中。衣服穿得少，干活有点累，有一次我感冒了发高烧，幻觉家里来了几个野人要吃我，我跑，它们追我，我躲到陈家英家的床底下，它们还追我，后来又跑到外面的田垄，一直跑，跑不动了就躺在田沟里。后来是父亲把我找回家的。

“初秋悄然来临，燕子纷纷回到南方去。但是，我们的夏天生活仍在进行。午睡时，我和弟弟轮换值班，用太阳射下的影子做标记，参照时间换班看守家门。主要怕四弟乱跑。那时我不知道用光线来衡量时间是不准确的，越到傍晚差别越大。你问轮流睡觉是怎么睡的？告诉你们啊：在两把椅子上搭上旧门板，人躺在门板上面，乘着一棵槐树的影子就睡着了。

“晚秋，当大雁飞过头顶，我正在放鹅。张大国哄骗我，说我的鹅跟大雁飞走了，吓得我惊慌失措。是啊，我才想跟那大雁飞走呢，去往远方，那正是我童年的幻想。”

“哎！我发现刚才戴总是从春天讲到了秋天，是有时间顺序的。那么冬天呢？”陈记者问道。

“冬季到来，妈妈让我穿鞋了。”戴为明说，“在这之前，都是赤着脚的。冬天有冬天的事情。记得有一天下半夜，父亲喊我起来，让我陪他去做支锅用的土坯。那么早有些冷，我懒洋洋的，睡意不散。我撮泥，父亲一个一个地脱土坯。有空隙了我就打盹，或者仰望星空，我在想，为什么每年都要把锅灶拆了，重造一次？后来才知道，锅灶拆了可以做肥料。

“我不再害怕打雷了。冬天降临，雪花飘飞，缓缓落下，田野披上一层银装，空中除了叽叽喳喳的麻雀，很少有其他动物，大自然肃穆而又寂寥。我和两个弟弟与母亲待在屋里，母亲除了烧饭，就是一针一线地做着那老活：纳鞋底，糊鞋帮，一坐好久不动。脚下有个火盆，燃料是瘪稻壳，我们可以用火盆烧玉米和花生，噼里啪啦真的很好玩，感觉香喷喷的特别好吃。只是有时火盆会冒烟，呛得我们流眼泪。没有别的东西玩，我们就从房门再到厨房，作为“公路”，用来跑“公交车”。其实，就是我推着独轮车，两个弟弟跟在后面拽着我的衣服，那热闹劲儿让我们开心和满足。

“我们非常盼望过年，因为过年有新衣服穿，有鞭炮放，有好吃的，不需要干活，能上姥姥家去，犯了错误母亲也能宽恕不打不骂。母亲终于千针万线地做好了我们的新衣服和新鞋，不管好看不好看，但是新的，新的就是好。也不知道母亲花了多少时间，熬了多少夜晚。父亲写门联，他的字写的工整好看，不少人找上门来请他写门联。墨水是研磨的，父亲写，我按纸头。记得那时候写得最多的字就是“丰衣足食”“大丰收”“福”。

“辞旧迎新，兄弟伙伴们的欢声笑语，宛如雪花一般飞舞。

“三弟渐渐懂事了。四弟刚会爬，他特别喜欢爬，一不留神，就到了危险的地带，因而我常常把他拴在板凳上。四弟和三弟正好相反，他长得瘦，但精灵，而三弟胖乎乎的，老实。母亲把我穿过的衣服改一下给三弟穿，再把三弟的衣服改一下给四弟穿，一点也不浪费。

“小叔在我七岁这一年退伍回来了。那时候没有电话更没有信息。当天有人告诉父亲，他背着行李在双桥的铁匠店等候，父亲便去接。小叔回来带了不少东西，其中有个“长江大桥”牌收音机很神奇，说是战友分别时送的，邻居们都过来瞧瞧，这东西能讲话，还能唱歌。我老是喜欢摆弄它，被小叔打了一巴掌，但是晚上我依然要跟他睡地铺。

“这一年，我看了第一部电影《沙家浜》，我惊叹于那些英雄飞腾拼杀的场面。在放映前，银幕上先放毛主席语录。这一年我学会了几首小调和儿歌，母亲教的。父亲在一天晚上睡觉时教导我，一定要听毛主席的话，跟共产党走。

“八岁那年，我上学了。

“母亲对我上学充满了喜悦，她用衣布给我做了一个军绿色的书包，上面用红线绣着“好好学习天天向上”。开学的当天早上，母亲精心地张罗着，把我的衣服穿得整整齐齐、干干净净，还交代了一些话。然而，当我第一次跨进教室的时候，我迟到了。我仍玩心很浓，上课铃打过，同学们都进了教室，我急匆匆赶到，不敢喊报到，躲在门外，老师发现后拉我进去。

“语文教师是女性，下放的知识青年，三十多岁，姓旺，名字不记得了。她丈夫叫叶宏亮教我们数学课。两门课我偏好语文，只是写作业把字母写得粗大。叶老师叫我数一数算盘上的珠子，我没数到一百就忘记了。

“每天上学，同路的有周华华、陈以有、王春生等。我当时身材弱小，大龄的同学欺负我，或是拿我逗乐，因为我特别调皮。跟他们相比，我有一种优越感，父亲经常送给我本子和笔；下雨天，我可以不回家，在父亲的学校吃饭。记得有一天吃饭时，另一位教师送了几片肉到我碗里，让我特别感动。吃过饭我很少看书，总是逍遥地贪玩。我的成绩不上不下，表现不太好，有点游混，老师说我学习态度不怎么端正。

“除了带好两个弟弟，我便是挖鹅菜、拾猪粪、忙家务，然后就是玩。我带两个弟弟做过各种游戏，例如藏猫、抓特务、打灰仗、捉小鱼小虾。印象最深的有两种玩法：一个是做汽车，提前用泥巴做许多轮子，晒干，切断筷子做轮轴，然后再用泥巴做车身。对这个玩意我极为喜爱，兴趣浓烈；另一个是根据放电影的启示，我也模仿做起了电影机，泥巴做的，样子貌似，影片用白纸做成，上面画有字和图案，包括蚂蚁搬家的故事。“放映”时用手转动，两个弟弟和别的孩子都伸长了脖子仔细观看。我一边放一边介绍，也不知道他们看懂了多少。而我呢，无形中获得了莫大的欣喜。

“我有了劳动能力，能做很多事了。春天打猪草、捞水草、打底肥。夏季摸水蚌、摸螺蛳喂鸭子、插秧、钓泥鳅黄鳝、拾稻穗、放牛放猪。秋天打草、烧锅做饭、倒花生。冬季早晨提着畚箕拾狗粪等等。拾狗粪就是每天要起早，四处找粪，尽量把畚箕捡满了才回来。时间一长，就有了路子，知道什么地方狗屎最多。

“过年前，我与父亲上城里买煤。那天早上起得很早。其实我盼着起床，因为那是我第一次进城，虽然说是去挑煤，但我信心满满。父亲烧点米饭，我们吃过就出发了，一直走到二十铺天还没亮。路上我遇到一辆拖拉机，感到十分惊奇，还听到汽车的喇叭声，就好奇地问父亲是不是汽车？离我们有多远？坐在公共汽车上，我感到无比的享受，便问父亲何时到达，想在车上多享受一会。但买煤回来的路上，我累得够呛。几十斤的东西，我都挑不动，走一段路，歇一会儿，走一段路，再歇一会儿。不到十岁的我，心想这何时才能到家啊？每一步都很艰难，走得咬牙切齿，脚都扭疼了。父亲走在前面，他把自己的担子放下来，回头接我。就这样，像接力赛一样，一段一段路，一直挪到家。

"对于劳动，我还是积极的，但我劳动的质量不高，常常得不到父亲的满意，甚至有时候把事情做得很糟糕。父亲并没有责怪我，他说，要改，改了就是好孩子，少年时种下什么，老年时就收获什么。

"我开始有了表达能力。我用粉笔在墙上、门上、桌子上乱画，歪歪扭扭地写字。父亲说这是好事，但不要在家具上也不要在墙上，可以在地上随便写随便画。我能经常给弟弟讲解书上的内容，还给他们讲故事。尤其在假期里，我把他们召集到一起，像上课一样给他们讲一个个故事，有书上的，有听来的，也有即兴虚构的。望着他们聚精会神、如痴如醉的神情，我讲得更起劲儿，迟迟舍不得结束。

"小弟比较难带，他会乖乖地说出自己的要求，对自己得不到的东西就哭，我和他常常为件小事闹别扭，但我从不打他，最多推他一下就算了。小弟不爱走，非常爱爬，而且爬的速度极快，有一次没注意他爬到厨房去了，让我好生惊骇。后来，只好用小叔退伍带回来的一根军用绳带，将他拴在门框上。我照看着，如果身上沾上屎或尿，我挨一顿打是跑不了的。

“外婆家是我们向往的地方，这一年，我独自一人送鞋底去外婆家。二十里路，我一个小孩子送过去，大家都一致表扬我，一路上的情景我记得清清楚楚。

“这一年，我看过电影《打击侵略者》和《渡江侦察记》。”

“说明童年的事还真是不容易忘记，”陈记者说，“一个小孩跑那么远的路，大人怎么能放心呢？”

丁导说：“这就是培养独立啊，有些事，只能一个人做；有些关，只能一个人过；有些路，只能一个人走。有时候信任比什么都重要。”

陈记者说：“也要看孩子有勇气才行，要是不敢也没办法啊是不是？”

“是的，”戴为明说，“我兴高采烈地到了，很受夸奖。那一天，舅舅教我吹口琴，他说，喜欢音乐好处多啊，音乐是有营养的，可以让人更聪明。

“春节期间，过得最为乐意，但很快就结束了。怀着对新学期的新鲜感，我领到了两本二年级的新书。我惊异于新书散发出的那种沁人心脾的油墨香，精心地用厚纸包好书皮，然后用笔工整地写上我的名字。我的心情非常激动，恨不得一下子飞到教室。今年有哪些同学？老师是谁？我会跟谁坐在一起听课？这都是我期待的。

“但是上课时，我很难进入状态，总是开小差、做小动作，或是拿笔在书上乱画。尤其是上数学课，老师常点我的名字，一片讨伐的目光倏地从四周射过来。但我的语文学得不错，做作业从不吃力，只是作业不太整洁。

“家务活还是那一套，但我承受的份量加大了。母亲对我的安排更紧了，要求也更严格了，这使我常常感到束缚和焦躁。于是，有时我拿做作业来抵抗，等母亲一走，我还是玩。如果上学，我尽量去早，慢腾腾地边走边玩，放学了，我尽可能到家迟一点。如果不上学，我一边干事，一边偷偷摸摸玩些什么。在玩的过程中，我自己得到满足，两个弟弟也笑了乐了。

“且说那年头，我母亲是个好管家，她外面做活，家里料理，样样都能干。印象比较鲜明的，是有一次我随母亲进了桥家围砍草，那里长了很多的草，母亲高兴得浑身都是劲。但后来有人阻止不让砍，母亲立即收拾好柴草，奋力地压在自己的肩膀上，说，快走！然后大步大步地走了。

“父亲的时间多半在外面，除了做教师，还代做队里账务、做会前演习、排样板戏、插队劳动。反正在家少，做家务事更少。即使在家，也时常拿笔在写些什么。我记得父亲这一年造了一张土床。你们没见过吧？就是用土坯、泥巴和树条做的床，关键是上口边镶了一块条形面板。那时候，这种床家家都有，但像这样美观的几乎找不到。我和两个弟弟第一次睡在这床上兴高采烈，新床！漂亮！父亲说，别再蹦了，蹦塌了就睡不成了。

“一般情况下，父亲不打我。可有一次因为他的歌曲教本不翼而飞，对我破了例。父亲先是哄我，要我说出歌曲教本拿到哪里去了，想一想给谁看了？我就是答不出下落。其实我真的没拿，不知道谁拿了，我甚至连歌曲教本的模样也不清楚。当时父亲认准与我有关，追问数遍之后见我还不交代，便拿起绳子抽打，还大声地吓唬。我失声大哭，无奈之时，我急中生智，撒谎说前面华华拿去了。父亲立即出门去找，结果毫无收获，父亲回来叫我好好想想，想不出来还要打我……一个月之后，在上学的路上，陈以有书包掉到水里，当即将书包里的书取出来，这一下，我看见了曾经让我为之蒙受委屈的那个歌曲教本，厚厚的，是一部正规的当代歌曲集。打这以后，音乐给了我很深的印象。

“生产队里，农活每天接连不断，母亲整天忙忙碌碌，风尘仆仆，常常忙到伸手不见五指还没吃饭。有一次收玉米，我和两个弟弟在家等候，想吃到新鲜的玉米棒。当母亲一趟一趟将玉米和秆柴挑到家，再匆匆地把玉米煮熟，我和两个弟弟已经在厨房的不同角落睡着了。

“尽管那么忙，日子过得依然艰苦，粮食年年不够吃，油和盐必须节约着用。每到农闲时期，只吃两顿稀饭，吃干饭是罕见的。相比而言，我家要稍好一些，中午可以吃干饭。因为父亲拿工资，虽然一个月工资十块钱，但那时的钱顶用，猪肉只卖七角二分钱一斤。就因为我家有这么一点点优越，生产队里有不少人嫉恨。母亲在队里干活，常常遇到不公平的待遇或冷言冷语。有一次，我和弟弟都在地里找花生，队长走过来大声地辱骂。母亲忍不住与他大吵，责问他为何只骂我家孩子？为什么不骂人家的孩子？那些年，母亲在队里受了不少的累，不少的委屈，这一切，父亲可能都不知道。

“我非常爱听父母亲讲故事，也喜欢跟两个弟弟‘叙旧’，爱看热闹，爱和同学们参加文体活动，爱追戏，爱看电影。那时放电影比较罕见，有时几个月才放一场。只要有电影，我总是沉浸在喜悦中，晚上放学不回家，硬是玩着等候。看过之后，还要跟别人议论几天。

“这一年，我增长了不少知识，拓展了一些能力，性格已初步形成。

“到了1975年，我的感知力大有增长，尤其是产生了情感。当我打开门，一眼望见雪花茫茫的景色时，心中涌起了一股莫名其妙的冲动，升起了对大自然的热爱和虔诚，在那一刻，我的心灵似乎得到了美化，这就是微妙的情感变化。对眼前的人、事物、感受，我开始有了思考，尽管思考是浅薄的、简单的、低层的、抽象的。

“老师告诉我们，我们是三年级的同学了，从今天起，我们可以用钢笔了。于是，我很快从父亲手中得到一支‘新农村’牌黑色钢笔。对于用钢笔写字，我非常喜欢，写字时有一种大人的联想浮现。可我的字并不漂亮，有点‘草’，老师说我还没会爬倒学走了。但那不等于说我的语文学得差，对语文课我一向是漫不经心的，再用功的同学，考试分数不见得比我高。三年级有了作文，老师说我写作文又快又好。我一挥而就，作文提前写好后扬扬自喜。有的女同学伤神动脑，反复来去结果还是不行，最后请我代写，给我点吃的就可以了。

“我数学差，对于数学兴趣淡漠，老师讲的我听不明白，我也不想听明白，糊里糊涂，运算能力比较迟钝。例如打算盘，李老师三番五次地教，可我就是打不好，李老师气得直敲我头。那时我最怕上数学课，有一种危机感，提心吊胆怕老师提问，但恰恰就问起我，回答不了便站着听一节课，心里难受，想插翅飞出教室。最难堪的是作业，遇到应用题真是要命了，实在做不好只能抄别人的。

“除了语文、数学之外，课程表上多了体育、音乐、劳动。学校重视德、智、体、美、劳，全面发展。上体育课，老师带着我们沿着学校周围跑，还有丢手帕、跳高、跳远、做广播体操等活动。音乐课教唱歌，父亲也教过我们，还有一位下放知识青年，她教的歌曲《小汽车》令我难忘。她的唱腔清脆明亮，声调甜美悠扬，吐字清楚，表情从容。她教的这首歌曲我至今仍然会唱。后来，那位女老师调走了。临走时，她去看看我们，哭了；在送她离开学校的路上，我们有的同学也哭了。

“那时，参加劳动是相当重要的。到农科队挖地，田里下种，修整操场等，我们都干过。每次劳动之后要写一篇作文，题目多为“记一次有意义的劳动”。但是下雨天，劳动课和体育课无法进行，老师讲故事，讲了一个个神乎其神的故事，还夹杂着神话的传说。无论什么故事，意思都差不多，都是教育我们要多做好事，不要做坏事。我十分爱听，听了以后，回来再讲给两个弟弟听，他们听得入迷，故事结束了还要我再讲。

“我带弟弟消磨时光的方式不拘一格，在各方面爱护他们，形成了相当明确的兄弟观念。譬如说玩打架，先说一声，我们玩假的，然后再动手。事实上，我真的舍不得打他们，而他们却真的打我，还笑。我是哥哥，只能吃亏忍受。

“我做事马虎，但我听话、勤劳。二十世纪七十年代粮食紧张，烧草也紧张。烈日下，我中午放学回来去田埂打草，用刀砍着地上又密又矮的野生茅草。有一天打了很多，挑不动了，等父亲来接。寒冬里，我天天起早拾粪，脚踩白霜，手握冰风，在田野里戳下许多足迹。捡到狗粪，便有了肥料，就能看到庄稼苗长的希望。

“七十年代我们家里没有电，只有煤油灯。煤油凭票买。不过，煤油灯比素油灯、桐油灯好多了——素油灯和桐油灯点起来烟大，过一会要挑一下，还不怎么亮。而煤油灯可以把油装在有灯罩的台灯里，不怕风吹，可调灯芯大小，相对亮一些。我们吃晚饭、做作业、晚上忙家务，都是在一盏昏亮的油灯下。那光是淡黄色的，有点摇曳，能分辨出两个弟弟幼嫩的脸和期待的眼神。

“每次放学，我走路的姿态都不一样，有小跑，有慢走，有侧着走，有跳着走，不知不觉地到了家门口。但快到家门口时，我会迅速调整走姿，因为父母亲说过：站要有站相，坐要有坐相，走要有走相，小心母亲看到我不好好走路会迎头痛击。

“我非常害怕母亲，她的心情像天气一般喜怒无常。我不时见到她冷峻的神态，严肃的目光，板结的面容。对于我，母亲从来没有放松过管教，我觉得很烦，但又必须听话。

“在这个时期，父亲与我相处的机会相对较少，父亲给我的印象十分宽容，他似乎从来就放心我的成长。他忙，也确有成效。在公社和大队做教育、文艺、账务等方面，都做出了可喜的成绩。父亲读过私塾，他好像有着天生的文艺细胞，加之他边做边学，算是当地的一个能人，有不少人求教于他。人家都知道，我父亲唱过戏，做过戏班的导演，他导演《智取威虎山》时用的帽子我看见过，也玩过。父亲的性格平和、直爽，没有大起大落的情绪。只要父亲回来，家里的气氛显然好了许多。

“我依然玩心强烈，即使整天地活动也不厌倦。该做的事赶快做完，就开始了自己的事，我不知道自己为何那般贪玩。在玩的方面推陈出新，有小发明、小办法、小主张，和两个弟弟玩得不可开交，有一次母亲让我烧饭，我居然忘了。”

“呵呵！”陈记者笑笑说，“还是孩子多有好处，在一块玩有利于提高各方面的能力，现在提倡生二孩、三孩，一些年轻人并不理解。”

“是的。”戴为明说，“在春天，拽下一根发芽的柳树枝，插到家门口的池塘边，从外面拔来一棵小树，栽在房屋后面的空地上，渐渐长大，长成大树。这些，也成了后来的乡愁。

“社会形势一片大好，家家户户热火朝天。不论是贫农、中农还是富农，整天忙着生产队里的农活，日出而作，日落而不归，有时晚上忙到深夜。不过，有时晚上也不是干活，在抓阶级斗争，宣传好人好事，学习马列主义毛泽东思想。那时候，真的是好人多、好事多，人的思想觉悟很纯洁，不像现在有些人，那么多坏点子。

“这一年，我们家与小叔分家了。分家的情景我依稀记得，好多东西都分给小叔了，我家却空空的，一贫如洗。俗话说，穷争饿吵，从那以后，母亲常与别人发生口角，在生产队里争工分、争口粮，甚至大吵大闹。也难怪，三个孩子要养活呢。而我，心里产生过莫名的怨气和愤恨。

“我十二岁小学毕业。

“为了取得好成绩，提高初中升学率，班主任毕老师教学抓得很紧，要我们提高注意力，不能再玩了，整个班上的学风都变好了。

“我发现自己有了虚荣心，上衣口袋上挂着两支金笔，书包搭在侧肩上，言行也模仿大人的模样。有什么稀奇的事情，总是要在同学们面前亮亮相，故意让别人羡慕。有时还出点小风头、耍点小派头引人注目，图的就是那一时的荣耀。每天走进课堂，我都希望能引起大家的注意，那心情只有我自己最清楚。

“相反，有时我却丢了尊容。老师的问题我答不上来，还喜欢跟同学打架，上课做小动作，扰乱秩序。有一天早读，我在班里作乱，毕老师发现后，当场摘下了我的红领巾。

“我的学习成绩仍居中等。

“五年级增加了毛笔字和政治、地理三门课。我喜欢毛笔字。按步骤先学描红字，但我急于求成，很快完成却描得不齐，后来信笔而写，还觉得比照葫芦画瓢要好一点。对于其他两门课，我倒也感兴趣，讲得都是天南地北的奇闻异事。

“很快要考试了，我自然紧张起来，下了苦功用心攻读。那时到了晚上，为了节约煤油，老师要我们几个人一组各家轮转，同在一盏煤油灯下复习。记得有天晚上，毕老师和李老师手持电筒前来看望我们，李老师还当场为我讲解了几道应用题。毕老师编印了综合性复习资料，把许多的作文汇总，让我们熟背。那一个个清早的时光，不知道是怎么消逝的。

“老师说，在校学习的机会你们要珍惜，不好好学，将来后悔就晚了，书到用时方恨少啊。其实，那时我对老师语重心长的话理解不透，后来长大了才知道那些话的重要性。老师不再批评我们了，常常流露出依恋之情，也许老师认为，朝夕相处的同学们不久将要分别。其实，我也感受到那种情感的可贵啊！

“道理很简单，考不上初中就走向社会。老师也开发过我们的理想，并安慰我们说，工人、农民、军人、医生……行行出状元。反正，不管什么理想不理想，将来最好是脱离农村，这是大部分同学的信念。

“我常常有许多困惑和想象，当我作业碰到难处时，当我家务非常繁忙时，当我孤单无助时，当我空虚无聊时，我就有许多联想，遥远的、缥缈的、陌生的，无边无际，仿佛灵魂离开了自己，流落于一个奇妙的空间。

“一切回到现实中来，终于考试了。考试那天，母亲不说话，特意为我准备了早餐，帮我整理好衣服，看着我出发了。考试地点在双桥中学课堂。那天很热，记得高风龙老师用自己口袋里的钱，给我们每个同学买了一支冰棒。

“考试成绩出来了，没有让我失望，被录取了。

“数学、政治、地理刚达上及格线，语文分数较高，尤其是作文，改卷老师还当毕老师的面夸我的字写得好看。评比结果我的文科名列全班首位，毕老师点名表扬了我。

“结束了，小学的学习生活。五年的学习，让我有了许多的认识，丰富了思想，开阔了视野。

“这一年，三弟开始读书了。他上学的样子十分可爱，朴实、憨厚、文静，像个女孩子，老师和同学们都喜欢他。我有时带饭给他吃，有时指导他怎么做作业。我发觉他学习跟我不一样，非常聪明一说就会。事实上，后来他是跳级读的，上完一年级，在家歇一年，直接上三年级，再歇一年，直接上五年级，这样还节省了学费。

“小弟还小，他正在重复着我小时候的一言一行。”

“兄弟们多也有意思。”见戴为明喝茶的时间，陈记者说，“我是兄妹四个，我是老小，我们也经常在一起回忆童年的事。哎，不好意思打断了，戴总你接着讲，应该到初中了吧？”

“是的，我跨进了中学的大门。”戴为明说。

“我所在的初中，地点还是在母校，只是转到了校园外。所谓的大门，指的是大礼堂的门。大礼堂原本是大队用来召开群众大会用的，因为学校教室不够用，临时借来的。这个大会堂相当宽阔，比原来的教室大三倍，门也宽大。尽管我们班里有五十多名同学，座位还没占到容量的一半。后面显然有很大的空间，这空间给我们的课余活动提供了方便。

“上了初中，我的精神上放松了，学习节奏放慢了，学习的动力不是很强，倒是有一点自满自足的消极情绪。语文、数学、物理、历史、英语，学科多了，弄得我应接不暇。这个班主任与陈强老师大不相同，他对班上的事听之任之，放任自流。那年头，校风好像有点低落，师生的学习意识比较淡漠。后来，原因找到了，是受到“四人帮”的干扰。

“那时候，我感觉一切都有了规律，上学早读，下课放学，回家做家务，像是重复地翻看着相同的书。

“家务事繁多，忙而不乱。早晨，不是烧稀饭、放牲口、扫地，就是打草、挑水、放猪。晚上忙到几点不知道，那时候没有钟，没有手表，更没有手机。不过，三弟能干事了，因此晚上可以早一点收工。记得我小时候做事经常闯祸，要么丢了东西，要么弄坏了家什。我吓得心惊肉跳，忐忑不安，恐惧的心情无法表达。母亲从不饶恕，该骂的骂，该打的打，绝不拖欠。也好，过了之后我的心情反觉明朗起来，有一种过关了的解放感。

“前面讲过，对于文体活动，我十分热爱。有唱戏的地方，有杂技的地方，有放电影的地方，肯定能找到我的身影。我不光是爱看，而且还对所见所闻加以思考，有的情节或镜头，我要思考好几天。其中，最爱的是看电影，只要有电影，不论远近，道路是否难走，我一律兴致勃勃地赶去，并喜欢站到放映机的旁边，看着影片的转盘渐渐变小，还有那清脆的机械声。印象较深的影片比如《闪闪的红星》和《侦察兵》等。对我来说，看电影是高级享受。”

“小时候喜欢看电影，喜欢文体活动，这有可能是成功人士的一个早期特征，是不是？”丁导笑着说。

“是啊，有可能！”陈记者答了一句，“现在好多人不看电影，只爱看手机。”

戴为明接着说，“起先我只爱看战斗片、侦察片和神话片，后来我对戏剧片也产生了浓厚的兴趣。特别是其中的情感戏，使我深受感染。我觉得自己如果有一天能有类似的经历多好啊，尤其是穿上梁山伯那样的衣帽，该是多么的潇洒。《刘三姐》的故事也让我回味无穷，她那甜润的唱腔，婉转的声调，优美的唱词，给我的触动很深。回到家里，我学唱了几句，自觉惬意。

“当然，情感的认知体现在各个方面，包括对事件、对人物，甚至对花草。这种情感是朦朦胧胧的、隐隐约约的、若有若无的。有了情感的冲动，我感觉有股力量，它能激起我对某些行动的热情。

“一间矮小的草房子，除了农具和杂物，一张竹笆床，一张小木桌，一盏煤油灯，这就是我的房间。在静悄悄的夜晚，我端坐在昏暗的油灯下思索。不知道为什么，倏然间我想了解我的家史，并且想让它永远传承下去。

“早年我的祖辈，住在位于六安东北方十几里的地方，曾祖父在世的时候搬到这里来的。没有照片，更没有文字记载。听说我爷爷身高体壮，热情豪迈，有胆识有气魄，敢说敢做，在附近颇有名气。他有两个儿子一个女儿，一生最大的成绩是盖了几间当时认为最时髦的房子。一九五几年，粮食紧缺，他偶获绿豆，因吃了太多得了肠病而丧失性命。听说我奶奶勤劳善良，但身体瘦弱，因病无钱医治，加上饥饿早逝。奶奶死的时候我小叔才三岁，父亲将小叔抚养成人，收亲完聚。”

听到这里，陈记者发出感叹：“人啊，活着比什么都重要，现在的生活这么好，很多人不知道珍惜。”陈记者又说，“还有，现在好多年轻人，对家族文化和传统文化比较淡漠，所以媒体反复倡导，要弘扬传统文化和历史文化，不能舍根忘本。”

丁导说：“是的，所以现在讲‘培根铸魂’是非常有必要的。”

“到了十六岁，”戴为明说，“我们不再需要父亲带领，可以直接去亲戚和邻居家拜年了。不论是我一个人，还是带弟弟一块，人家都是拿烟倒茶热情相待，像对待大人一样。我穿着母亲辛辛苦苦缝制的崭新衣裳，大摇大摆、毕恭毕敬地出现在众人面前。”

“春节一过，父亲又送给我一支‘新农村’钢笔。他说，好好学啊，考不上高中就一辈子务农了。而我担心即便是考上，也不一定交得起学费，人家一个孩子都交不起学费，我们家兄弟三个上学的可想而知。”

“初三下半学期，相当于初中的最后岁月，我开始迷茫和憧憬。都明明知道，不久大家要各奔东西了，有许多时刻，我想把这多彩的时光固定住，把每个同学一一珍藏，把美好的记忆留在教室里。课还在上，我们还是天天如此地听、读、写，打发着期末的光阴。课后，同学们有了议论，各自诉说着自己的想法。那时，都羡慕外面的世界，认为只要能在外面有个安排，不论干什么事，就像参加工作一样光荣。班上郭胜利有亲戚在六安城里，他说一毕业就离开家乡走上工作岗位，他的前途最招致同学们的倾心。

“那么我呢，父母很早就在外公面前有过申请。外公在城里工作，只有他帮我找个工作是最有可能的。当然，按照父母的要求，我自己也要找退路。写信给姨父和舅舅，如果上不了高中，请他们为我想想办法。总之，那时我最担心的，是离开学校待在家中务农，这会让人看笑话的，说明没有出路啊！还有，那时候已经改革开放，外面的世界对于我们学生是具有吸引力的。说白了，好多人就是一心想离开农村，去城里闯一闯。

“在一个风和日丽的上午，在六安水利部门工作的外公骑着自行车，带着一个惊喜的消息来了。他说帮我找好了工作，明天就可以去上班。我听了特别高兴，仿佛长了翅膀，像鹩一样要飞走了。当时对上班的概念，理解为到一个正式的单位工作，过分想象了上班的美好。后来才知道，所谓的上班居然是吃苦卖力的临时工。

“也不知道那时怎么想的，就那么辍学了。当晚，我开始收拾东西，把没有读完的书、没有写完的作业，连同那斑斓的少年梦想一起捆住，放进了破旧的箱子里。

“就是那么突然地、匆匆地、毫无准备地告别了学校。不，不是告别。父亲说，我不用去了，他和我们老师打个招呼就可以了，所以没有告别的过程，直接是离别。结束了，我曾经热爱的、充满理想的读书生活。有些犹豫，又有些依恋。

“父母亲对我出门毫不犹豫，也难怪，家庭生活困难，三个孩子吃饭上学，经济负担日显沉重，生产队一穷二白，不出门挣点钱怕是前途堪忧，也是无可奈何。我很理解。

“临走的前一晚，我做了很多事情，就连水缸我都挑得满满的。那时，我并不知道出门的伤感之情。外公推着自行车，车上带着我的被子、床单、大米，我跟在后面，头也没回地走了。

“我走向了社会，去开启新的生活。那年我十六岁。

“诚然，父母的养育，老师的教诲，大自然的赋予，自身的成长，使我具备了一定的脑力和体力，踏上外面的路，我要学着自己走了。

“我被外公安排到九里沟发电站的一个施工队干活。这个队有十几位民工，都是外地人，有几个人家住颍上县。队长叫李家润，中年人，其实就是老板，他这个人让我始终捉摸不透。

“那会儿我对所到之处都感到新鲜。一位民工班长把我带到工棚，他手持钥匙开门，让我进去把行李放好，然后领我‘上班’了。上的什么班？抬土！抬土方你们懂吧。我和对方将一筐土抬起来，运到一百米以外的地方去。他们都注目着我，看我这活儿能不能干得动。我干得很有劲，精神上似乎有某种支撑力。实际上，我的确有点吃力，一天下来，晚上我睡得特别沉。

“我睡的房子里，只有我一个人。房子大，空荡荡的，严格地讲，那房子是简易不堪的茅草棚，下雨天有几处漏水。但有盏较亮的电灯，使我倍感光明。要知道，在家里还没有电灯呢。一到晚上我回到工棚，心中有说不出的安定感和自由感。不过，后来也渐渐产生了孤寂和空虚。

“吃的是食堂饭，我基本上没吃饱。饭票有可我舍不得买，吃多了怕浪费。有时候我很想体验饱感，怎么办？早晨我打两个馍馍把它掰碎，加上不用花钱的白开水，放几粒糖精，一泡，满满一茶缸，有两碗之多，吃过觉得饱了、舒服。但一干活很快就饿了。吃干饭，我不是半斤就是七两，买最便宜的菜，每次吃完，嘴里还在仔细品味，说句不好听的话是在寻味，似乎能看得清肚里的米饭在消化。

“三天后，我开始想家了。白天干活也想，一到晚上，我想家的心像火一样的炽热。我想爸想妈，想两个弟弟，想我熟悉的家，想村庄的一草一木，还有那儿的气息。我一点也不记恨父母的打骂，也不介意家务活的劳累。到了第六天夜晚，我忍不住流下了泪。我决定回家看看。第二天，我请了假，队长发给我十块钱，于是我换上洗过的衣服，兴冲冲地往家赶。

“我有十块钱！这十块钱是我用汗水换来的。有这十块钱带回去，我想母亲该有多么高兴啊！她含辛茹苦抚养大的儿子能挣钱了。舍不得坐车，我步行。走在通往回家的路上，我激动的心无法平静，想了很多很多。我几次把钱掏出来看了又看，然后又装进口袋里，过一会摸一摸，很担心弄丢了。

“走了快三个小时，我到家了。就像回到了温暖的怀抱，我的心在流泪。两个弟弟都用亲切的目光看着我。母亲深情地拉着我的手，怜爱的言语，亲昵的动作，他们详细询问我的情况。我告诉他们一切都好，活不重，我能干得下来，也吃得饱，工友们待我很好。总之，我不能说整天抬多么重的土方；我要让他们放心，不要牵挂我，要让他们高兴才对。

“既然踏上了外面的路，那就走下去吧！我相信，经过火的洗礼，泥巴也会有坚强的体魄。

“我又回到了工地。

“工地的活也并非完全固定，常常有不少杂活。打杂工其实轻松一些，就是班长不派我去，他派给了他家乡人。我干活从不偷懒，让我干什么活都行，所以时间一长，工友们对我的印象逐渐好了起来，并渐渐产生了友情。在这里，我结识了郑家友、李先培、卜令刚等朋友，他们是北方人，性格爽快豪放，气质粗犷。给我印象最深的是陈永堂师傅，四十多岁，他父母早逝，从小出门要饭，后来到工地跟一位长者学了一门石匠手艺。他的个性相当独特，和我一样也是外地人。他对我有同情心，给了我不少的关心和启迪。他说过，不好好念书，苦了自己哟！往后，你别那么积极，别把身体累坏了，人生的路还早呢。

“后来我做的事情，也是多种多样的：抬土方，抬石子，拌砂浆，到水闸下捞草，打钢钎，锯钢管，等等。最难忘的有两件事。

“夏天河水大，水面上漂的杂物多，挡住了水电站上口的闸门。站里领导要我们工程队派人，在闸门口上搭栈桥，用人工去把漂来的杂物捞上岸来。这活儿没人愿意干，有生命危险，一不小心掉到水里会被巨大的水流吸进去，冲到发电机里粉身碎骨。生活如同战斗，没人干我干！于是，我下去见物就捞，捞上来的有腐草、死狗、碎蛇、化工袋、破衣物等等。有的东西被水冲到水下，要将铁耙伸入水的深处才能把它捞上来，那种危及生命的感觉我真的体验过。捞上来的东西很脏，有的气味恶臭十分难闻。至今想起来，仍然会出现条件反射。洪水泛滥的季节，我记不清在碘钨灯下干了多少个通宵，那种困顿，让我深谙睡觉是多么幸福。

“还有一件事，冬天到水电站底下看设备。因为机组维修，许多设备拆得四零八落，怕夜里被人偷了，需要人看守。这事也没人愿意干，一是怕夜里被小偷打了；二是怕晚上招上什么邪气——之前这儿施工死过人。夜深风寒又饿又冷，我浑身冻得直发抖，坐在石头上蜷缩一团。在这冷寂而又孤独的夜晚，我望着寒光的星斗，心中觉得有些凄凉。但我不怕，既不怕活人的小偷，也不怕含冤的死鬼，我仿佛心中有盏灯火，时刻照耀着自己。多少有点委屈感，我在问自己，有谁知道我的痛苦呢？可能是身体冻僵的原因，我在午夜起夜时摔了一跤，一只手跌在下面结冰的石块上，手皮破了流出了血，我咬紧牙，用力抵抗那绞心的疼痛。当时我的泪水涌了上来，好像有千恨万怨。

“现实是残酷的，但每一种创伤，都是一种成熟。经过一年的体验，我知道了生活的艰苦，与我的想象完全不同。我也知道了，走人生之路，必须要有坚强的信念和顽强的毅力。也许这就是磨炼吧。

“劳动之余，我们时常一起打扑克、看彩电、逛马路、洗澡。有一次到化肥厂洗澡，我们挨了几个人的欺负，当时我气得直咬牙，暗下决心，以后要学武术防身自卫。

“在九里沟水电站的那片土地上，我度过了春夏秋冬，感受是深切的。那儿是社会的一角，却让我领悟了生活的真理和社会的复杂性。一切都不是我想的那样简单，那是一个无法用文字表达、用色彩渲染的多面化现实社会。

“这一年，我的外婆从农村搬到城里，结束了两地分居，她终于和外公生活在一起。有时我下班之后，顺着河边的路去她家。只要我去了，外婆总是想办法做点好吃的。吃完饭我再走回来。有时外婆也来工地看我，还带些烧熟的咸菜给我。每次看着她远去的背影，我都充满了感激和敬仰。如今，外婆去世十多年了，她的坟墓就在我小时候那充满幻想的小河湾。

“学校放寒假了，弟弟来看我，我感到很亲切很温暖。那天正是水电站工作人员年终聚餐，看着桌上那些菜，都是我们没吃过的。等他们吃完都走了，我和弟弟把剩菜端过来，美美地享受了一顿。就是这样，吃了一顿丰盛的残席。现在想起来好羞愧啊！

“人是多么容易忘记过去啊，又是多么容易受到情势的支配和摆布。我离开了学校，怎么也无法感知在学校时的一切。那一切，恍然远离了我，不再有了。诚然，我不再看书，不再写字，但我对文化生活和娱乐活动十分钟爱。听歌、看电影、看电视，兴趣十足。那时的歌曲《年轻的朋友来相会》、《外婆的澎湖湾》、《军港之夜》和电影《沙鸥》等，都在我的记忆中。

“《沙鸥》这部电影我也看过，陈记者你和小田应该都没看过吧？”丁导问道。

小田说：“没有，还真没看过。”

陈记者说：“没有。我们休息一会，大家上个洗手间好不好？”

“好的。”一致同意。

十分钟过后，戴为明继续讲述："打工挣了一点钱，春节的时候我比较体面，从未有过的体面。上身的衣服是成品的，款式是新式青年装，裤子是上乘的布料制作而成。在农村，这种装束算是很好了。尤其是，通过一年的社会交往，我的言谈举止也在向成人化和文明化迈进。

"离开学校的第二年，我的外流生活在继续。春节一过，我怀着新的希望，踏上了新的征途。然而，到水电站一问，说工程结束了，人员散去都不来了。我已无处安身。于是，我开始了寻找，找朋友，找活干。我不想再委托外公，而是凭自己的能力找活干，只要是工地就去打听。我感到非常渺茫和焦虑，心里七上八下。一个偶然的机会，陈永堂师傅的身影在我视野中出现，他在水电站附近的工地上砌石头墙。我们一见如故，一谈即成，他帮我安排上了。

"在家靠父母，出门靠朋友，这话儿还真是一点儿不错。那个时候能找到打工的机会，比今天找一份工作要难得多。

"我欣喜万分，回家告诉父母，全家喜悦。次日，我挑着行李到了工地，打工的生活又开始了。

"这个工地有十几位工人，年轻人占多数。大队长姓俞，二十几岁，猴子一般精明，意气风发的样子。二队长姓赵，老年人，体格十分健壮，深沉含蓄。他的外流生活相当悠久，他说一只眼睛年轻时干石头活，被一颗石子击瞎了。在当时，他的一些不幸回忆，给我的感觉有些凄惨。我一时产生过一种欲望，想把他的不幸和苦难都记录下来，然后告知更多的人，以使更多的人了解他们，更加珍惜生活。

“我很快融进了集体化的生活中，也很快熟悉了他们；而且，我也很快被他们接受。

“外流生活的人，环境意识不强，我对所处的环境没有半点嫌弃。住在一幢旧车间的房间里，四面漏风，除了简易的木板床，就是饭具、日用品、行李什么的，连一个水瓶也看不见，没有‘家’的感觉，甚至连锁门的必要也没有。但由于人多，说话声不断，倒是热闹。吃的是大锅饭大白菜，按票取，菜均分。能吃得饱，上班饿了看看太阳，盼着早点收工。

“我做的活主要是抬。抬石头，抬沙子，抬水泥，反正抬的多。手中拿的不是毛竹杠子，就是箩筐或麻绳。当时我年龄不大，身材却不小，细高个儿。有时碰着大的石块，我咬紧牙关，也要将它抬到目的地，感觉很难受，但是能坚持。我坚信只有千锤百炼，才能成为好钢，今天受的苦将照亮我未来的路。干活时，我不再去想别的，只想何时下班吃饭，何时能回家看看。

“下班了我的第一件事是吃饭，然后，衣服该洗的洗，该补的补。时而坐在那儿思索：如此下去怎么办？光做小工不行，什么时候能当上师傅，最好是当上队长就好了。那时的思想毕竟简单、狭窄。

“上半年结束了，可惜那工地的活也结束了。我的工友许立功、赵福保、潘则录、李昌庆、杭传山、郑家本等人，都纷纷离去。想说的话太多了，依依之情无从表达，千言万语尽在不言中。

“我的想法是继续干，不能回家，我要学会在磨难中坚持，在逆境中前行。于是，我加入了另一支外流队。这个队跟原来的工地只有一路之隔，但活儿却更苦了，几乎全是木工活。我没有技术，只能做笨重的事，没有闲的工夫，一天到晚累得够呛。很多时候，我感到自怜和郁闷，有摆脱欲，但想想不行，我要战胜自己。

“这个队的队长家住胶厂，他让沈跃全带班，这个人刚强性直，气粗声响。干活的人不少，有三十多人，与我相处好的工友比较多：鲍傅喜、李有周、鲍远好、章秀平、韩仙平等，他们都是六安县人（现在称六安市）。这些人的文化素质不敢恭维，性格却很直爽。我很快就适应了新的环境，这是我的性格决定的。固然，在任何艰苦恶劣的环境下，我都能面对。没有什么嫌弃，我抱着挣钱的心态，打发着一个个晴天和雨天、白天和晚上。

“当秋风徐徐吹来的时候，我又离开了这里，被抽调到胶厂去采土制砖了。相隔了三里路，前几天早去晚归，后来干脆连人带衣服都搬过去了。住在一位姓徐的人家，他家的厨房比较大，打地铺可以睡七个人，早上我们把被褥收起来，晚上再摊开。我们的活主要是挖土、用小车推土。不错，这时候有小推车了，有了这个，就再不用肩膀去抬了。

“我有了更多的反思，不论在什么地方，我受苦受难的命运是不能摆脱的，好像命中注定。这话有些夸张了，但当时就是这么想的。在回家的路上，踩着那弯弯曲曲、坎坷不平的河堤，我一边走，一边思忖，思绪如同那悠缓的河流，好长好长。

“为什么有这些思考？大概是两个原因，一是这两年苦一点倒也没关系，但与其他人比较下来，我没有挣到多少钱，感觉得不偿失；二是我的内心萌生了变化，想摆脱现状，成为另一种人。

“生活，有时富有戏剧性。这年秋天，我家的一位亲戚，算我二姨夫，他受我父母早前的委托，专程来了，找我跟他出门打鱼。说是苦差事，但根据往年的情况，干得好一个冬天能挣好几百块钱。好几百块钱，在当时就是天文数字了。

“没有更好的工作门路，只好顺从。

“于是我离别刚刚熟悉的工地，告别了相处不久的工友，也告别了那个充满感想的岁月。

“打鱼人的生活是别人无法想象的。一行七人，帮人家把鱼塘的鱼用丝网捕捞上来，报酬是总量的十分之一。捕鱼，我们习惯说打鱼，其实我不会，尤其不会驾驭那水上漂浮的小渔船，只会卖鱼、烧饭、做杂活，需要的时候帮他们“接货”。什么叫接货？就是他们打好了鱼，还要去下一个地方，中途我去把鱼接回来。这种活儿忽轻忽重，有时碰到重担子一挑就是几十里路。尤其在那陌生的地方，难免有一些别样的心情，用足音代替叹息。

“我们到了江西。正常情况下，早晨起早赶集卖鱼，回来烧饭洗衣服。最担心的事有三件：一是赶集路远，货重挑不动，天又冷，承受力不足；二是怕干‘夜活’。晚上出去行动，有时还要冒着刺骨的寒风下水捞鱼，那感觉很恐怖；三是怕出现意外，有了麻烦在人生地不熟的异乡不好处理。

“卖鱼需要天天跟各种人打交道，方言话，口音重听不懂，我的一言一行都要注意，生怕引起人家的误解。”

“什么叫‘夜活’？”陈记者问。

戴总说：“实质上有的人索性叫偷鱼。那一天，小张给人家村里的鱼塘捕鱼，鱼很多，鱼篓装满了，他把鱼用线串起来，乘人不备，自己连人带船翻了个底朝天。对，这是故意的，他在水里把一串鱼丢在了鱼塘的岸边，晚上再带我们下水去捞。唉！这些不光彩的事，我就不想多讲了。总之，我的情绪肯定是惊恐的。那年跑过江西又到了湖北，算是见了世面，不同地域的风土人情和景色环境，倒是给了我不少收获。

“三个月时间，我挣了450块钱，真不少，比之前做苦力好多了。

“我的两个弟弟都长高了长大了，我们之间相当亲密，不争执不斗气，总是那般亲近和睦。我对他们怀有深挚的感情。父母对我有点意见，认为我在外面没有闯出什么名堂，除了打鱼，并没挣到多少钱，所以有些怨言。

“我对自己也不满意，虽然经历了艰辛，磨炼了意志，但是我的文化素质很低；还有，外面的生活也悄悄地暗示我，光有身体还不够，必须有一个强健的体魄，必要的情况下还得有自卫能力。那怎么办？恐怕只有进行文化和体能的修炼了。

“到了十八岁，我在考虑怎样度过这一年的时光？怎样珍惜青春的岁月？正月一过，我有点彷徨和迷茫。

“如果继续出门打工，凭朋友的关系是可以的，但从前面的情况来看，收获确实不大。还能做什么呢？父母看出了我的心思，他们从家庭联产承包责任制的角度考虑，决定让我在家种田，秋收后去打鱼。没有更好的办法，我答应了。这样也好，我不是打算强化自己吗？本来就需要宽松的环境和充裕的时间，在家里，这两个条件都具备了。

“以前，我死心塌地的要脱离农村，而现在，我又愿意回到农村。

“我想买些书看看，也许很多出路在书上可以找到。莎士比亚说，书是全世界的营养品。但没有钱，买书的钱总是七拼八凑。我感觉自己需要知识，像渴了需要水一般。我想办法借书或买书，但数量无法满足我的要求。实在没有书看了，我家里有字典和词典，这里可学的东西也很多。不过，父亲对我看书学习是表示怀疑的，怕误了白天干活，又怕我伤身体影响相貌，找不到对象。

“白天，我当然要干农活。农村的活儿是相当多的：犁田、挖田、担粪、插秧、买化肥磷肥、割稻、挑稻把子、打稻、卖稻，各种农事接连不断，加上家务事，忙得不可开交。有些活儿，只要能一时干完的，我总是全力以赴迅速做完，然后再休息看书。我经常发挥想象，海阔天空无边无际，想得我自己都着了迷，难以解脱。看书让我内心很充实，不空虚不寂寞，心理状态相当好，精神上也比较充实，如同走向一条通往未来的金光大道。

“我还有另一项安排：健身。

“时间对于我来说太宝贵了，每个小时都在利用之中。我感觉就像法国哲学家卢梭讲的一样，浪费时间是一桩大罪过。说是健身，实际上没有器械和专业指导，全凭书上的图示和文字注解。跑步、打拳、压腿、练气功，让身体四肢灵活，精神旺盛。

“我的三弟小学毕业了。他的考试成绩非常好，被乡办中学录取了，但由于家庭窘迫，没去入学，到一个建筑队学瓦工去了。他一直是那样憨厚朴实。据说他在建筑队的表现特别好，性子灵，做事让人放心。小弟在读书，他的学习成绩也不错，但有偏科现象，语文好，这与我在校的情况相似。

“父亲在学校工作，近来他的神态和容貌比过去苍老多了。1982年以后分田到户，他的一部分精力放在庄稼上。父亲善于研究科学种田的方法和管理，注重科学种田，所以田里的庄稼长势特别好。生产队的老农民们经常来参观我们家的庄稼，并咨询种田的经验。父亲有着不屈不挠的精神，很多人想象不到一位老师怎么会把田地种得那么好，更想象不到是如何在课堂与田间扮演着不同的角色。可是，也许烦心事太多忙不过来，他的身体瘦于往年，性情与脾气也变了，经常唠叨不休、大发雷霆。

“自从责任田到户，母亲的活似乎减轻了许多，出力的活不需要她干，琐碎的事也不用她过问，她就是按部就班地烧饭、洗衣服、种菜园、喂牲口，有时间和人家拉拉家常。母亲的身体好于往年，但她的情绪不太稳定，好生气、易动怒。母亲对于家庭的发展有了信心，对三个儿子期望很大，同时也有焦虑：不知道这三个小鬼能不能找到对象，结婚成家的钱又从哪里来？

“我确实获得了自由的空间，可以在自己的内心世界里尽情遨游，在自己想象的天地间任意飞翔。大自然的一草一木，一景一色，任我观赏任我喜爱，时而我感觉身心恍若脱离了自己，飞到了一个美妙而又陌生的境界。

“晚秋时节，我接到了一个好消息，在六安水利部门工作的小姨夫，帮我承包了一个水利工程，要我找一班人去施工。”

“俗话说，要当包工头了，应该感到很荣幸啊。”丁导笑着说。

陈记者问：“什么样的工程？在哪里呀？”

“这个工程位于淠河下游的将军岭地段，施工内容是河岸整治与护坡，护坡是什么意思？就是用混凝土将堤岸浇筑起来，达到防护的目的。工程量为一百米长，八米宽。开工时间在初冬，工期三个月，让我安排施工人员。

“这事定下来我就积极准备了。要组织一支有力量、有技术的工程队，对我来讲史无前例。开始时我确实有过担忧，怕干不成功，但我信心非常足，魄力也相当大。把合同订好之后，我请原来的工友杭传山、郑家本帮忙，找了十多名民工，在我们本地也找了几名。大多是年轻人，而且年龄都比我大。当时我没敢对人说自己十八岁，怕人家看不起，我故意装得稳重成熟，让人心生敬意。

“按照规定的时间，我领着队伍浩浩荡荡地开进了工地，落脚在一户村民家。开工了，我以老板的身份安排他们干活，分工明确各就各位。我是工程队长，我组织领大米、领材料等等。每天口袋里揣着香烟，一包好的，一包差的，然后到处跑，一会儿到将军岭集镇，一会儿到水利工程管理处，一会儿到工地上。民工们看到我都肃然起敬，干得更卖力。

“我根本不用干活，偶尔在工地现场做个示范，上去干一会让大伙看看，带动他们的积极性。技术方面不懂，我先到别的工地参观学习，然后回来装作精通的架势指导队员，提出意见和要求。

“我突然讲话灵了，每讲一句话都有人响应，并且有相当大的号召力。这让我认识到，其实人是分为上下级关系的，也使我进一步明白了有权真好。

“水利工程管理处召集开会，我去参加。刘局长会上说，‘你们这些老江湖，看来还干不过年轻人，你们看这位，’指着我说，‘才十八岁，工程管得又快又好。’刘局长怎么晓得我的年龄？后来才知道，是外公说的，他希望刘局长多关心指导，外孙年轻不太懂事。事实上，年轻并不等于没有经历，我是感到以前的经验在这时候都起了作用。

“于是，有人找我办事。我动动笔，对方满意而归。我学着抽烟，装老板架势，讲干部腔调。我的腰包不离钱，怎么用都行。

“我把时间抓得很紧，起早贪黑，每天工作十小时。终于在一场大雪到来之前，圆满完成了一百米长的护坡工程。发了工资和加班费，大家都满意而归。在焕然一新的水泥坡岸上，我和一位技工刻下了五个方块字。几年后，当我怀着眷恋的心情重返此地时，那五个字依然清晰。

“然后呢？”陈记者关切道，“可以继续承接工程啊！”

丁导说：“是的，戴总的机会来了，可以接着干了。”

“不是的，”戴为明说，“不是那样的。工程结束了并没有接到新的工程。我回归家里，依然重复过去的生活。除了干田里的活，有时间就看书。看啊，记啊，想啊，全神贯注。健身活动每天一次，每次约一小时，跑步、拉杠、举重等等，练得气喘吁吁，汗流满面。说是健身，其实跟学武术、练功夫的意思差不多。为此，我又进一步购买了关于武术知识的杂志和书籍；并且多次请教当地的武术爱好者，包括同学鲍传明和从特务连退伍回来的袁中志。原来，习武的天地也是那么的广阔、浩大、深邃。

“看书，我时常有一种感觉，回到那并不遥远的校园生活，沉醉在少年时代的情趣中。窗外温柔的风、绵绵的雨、绚丽的大自然，都在展现着她的美好。我的心胸舒畅而充满柔情。绿色的村庄，凝结成一幅画，田园的耕作，像一行诗，填补苍白的篇章。我深切地感受到了家乡的美丽，意识到了乡土的价值。

“那些岁月有许多的记忆被时光的潮水冲淡，很多的往事也逐渐模糊起来。独自一人在田野中劳作，身负重担在路途中前行，炎热烈日下的汗水，煤油灯旁孜孜不倦的探索，一切又是那么的真实。

“是的，人的一生可能像一部电视剧，也可能像一本书。但有时候更像一首歌，因为一首歌，能在很短的时间内，表达生命的沧桑与奋进。

“当大自然褪去了她的绿色，当丰收的果实装进粮仓，当一行行大雁飞往异乡，我带上过冬的寒衣背井离乡。到何处去？不知道，打鱼人走南闯北，四海为家。

“二姨夫打了十多年的鱼，他是个领头人，每年的人员由他安排，只要农活忙罢，进入冬季就出发了。出门的第一站到安庆，在十里铺一家落脚，半个月之后又乘轮船经九江到南昌，在南郊一位熊老板家安顿。一个月过后，转移到罗家镇一户姓官的人家，两个多月换了好几个地方。

“我和前年一样，干卖鱼的差事。跑东城，赶西街，虽然辛苦，但也看到了热闹，玩到了自在。他们打的鱼，全靠我起早去卖。在安庆一处山区，卖鱼竟要走二十多里的山路。午夜一点出发，天亮到集市，步行五个多小时。路上又黑又静，静的可怕，四面是树像鬼兽一样站在那里。根本听不到人的声响，也看不见灯火，如果听到远处几声狗叫，都觉得欣喜。累得一身汗到了菜市场，浑身由热变凉，格外寒冷。接下来卖鱼，用手称秤冻得直哆嗦。鱼卖完了，买些油和菜装进麻袋，不紧不慢的挑回来。回到住处，没有安排接货的话，就挑水、洗衣、整理被褥、洗菜烧饭。

“随着农村形势的好转，我们家用上了电。回来一看兴奋不已，每一个房间都有电灯泡和拉线开关，咔嚓开灯、咔嚓关灯的感觉真是灵便，电灯一亮，顿觉整个家里都充满了灿烂和光辉。

“斗转星移，周而复始。作为二十岁的农村青年，我并不安于现状，我想有一天能超凡脱俗，做一个成功的人，现在是集聚能量，蓄势待发。目前的条件很有限，比方说，缺乏目标，缺乏环境，缺乏书，缺乏引导，缺乏机会，这些在一定程度上禁锢了我。

“高尔基说：‘书是人类进步的阶梯。’字典和词典，我是一页一页地学习，记住每个字的意思，每个词语或成语的解释。书，我是一篇一篇的品读，吸取其中的精华和营养。你说老看这些干什么？为什么不去找一点技术方面的书呢？学一门手艺多好啊？也对，刚才不是跟你们讲了嘛，那时的农村，条件是很有限的。

“春天时间长能干很多事，有时累了还不见天黑。感觉夜却很短，没睡好天就亮了。夏天天热，是农村最忙的“三伏”季节，越是热越要忙。在繁忙的劳动期间，我产生过一些哀叹。晚上不但没有充足的睡眠时间，而且蚊子多，实在不好受。夏至以后，夜渐渐地长起来，可是天短，多少活儿忙不完，秋收秋种，起早摸黑。还没来得及轻松一下，冬天又到来了。别人可以在冬天的日子里休整一下身心，而我，又要去干那些艰苦的差事。

“但是，我有一种内在的潜意识：如果累一些，苦中有乐，可以寻找到本没有的欢愉和满足。累，可我还偏偏要练什么武，你问为什么？我告诉你们当时怎么想的：一是想着未来还是要走出去，出去做事没有好的身体不行，况且前几年，因为劳累身体有点透支，现在需要调整恢复。二是外面的状况有点乱，打架闹事的每天都有发生，不要说惩恶扬善了，起码防身自卫的本事要有的。三是发泄对自己的不满情绪，没有出人头地。”

“那几年，受电影《少林寺》的影响，全国掀起了‘功夫热’。这个年纪的人也都知道，不少人还练过。”丁导兴奋地说，“戴总你继续你继续！”

戴为明说：“练武可健身益脑，保持旺盛的精力和体力。书上说：‘有心研练防身术，无意之中能健身’，‘外练筋骨皮，内练一口气’。我练的项目越来越多了，比如说仰卧起坐、打沙袋、蹲马步等等。总之我知道，要在力量、速度和耐力上勤学苦练。

“练武确实可以防身自卫。记得去年冬天在南昌的菜市场卖鱼，我从厕所回来，发现鱼被几个地痞强行拿走了。这不就是抢吗？我直冲其人指责，并直接夺回我的鱼。五个地痞看我是个外地人，又是一个人，对我大打出手。我先是忍耐了片刻，然后咬牙握拳，吞下一口气，调动浑身积藏的功力，用极大的爆发力击向他们。我的速度快而有力，手脚并用，打得五个家伙口吐鲜血，鼻青脸肿，其中一个人躺在地上捂着肚子翻滚……

“其实，不到忍无可忍的时候，我决不轻易动手的。书上讲的，练武要有武德。父亲说，我不能再练了，如果遇到打架我把人家打坏了，我们家没有钱给人家治疗，倘若打死人，得偿命啊!

“两个弟弟一年年长大了，他们懂得了不少的人情世故。三弟辍学以后在建筑队里越干越进步，还当了小班长。他的性格没变，但见识增长了，成熟了许多。他常常骑着邯郸牌自行车回来。我一见他回来，心中涌上一股亲切之情。小弟在上中学，他早去晚归，背着书包走着那条我熟悉的小路，显得很可爱。他对我学文习武怀着支持态度，经常传递从学校那里获取的我感兴趣的信息。周末不上学，但他不喜欢忙活，总是有借口躲避农村那沾满泥浆的劳作。他年轻活泼，散发着青春的气质和活力。

“我们兄弟们相处得很好。寄养出去的弟弟也经常回来，虽然生活在姑妈家，但我们从没有将他看外，心中装着他这个弟弟。不过，他的性格和情感的发展，与我们是有明显不同的。

“一个人生活在哪个地方，就会有哪一种感受，地方越多感受就越多。这种感受对于人的情感和个性，都起着一定的影响。至于往什么方向发展，可能要取决于吸收和排除了哪些因素。

“这一年夏天，我到合肥市去了。三姨父胆大有为，他创办了两个厂，一个是砖厂，一个是石灰厂。人手不够，他叫我去帮忙。起初我不想去，但是父母亲都支持我去，最后，听话的我还是去了。

“不同的土地，不同的环境，不同的人。其实这个地方比我家乡繁荣，交通发达、水电便利、风景优美、人流量也多。而且，这里的人聪慧灵活、善用资源。我去了显得老实巴交的。

“这里是合肥市的郊区，城市的气氛比较浓，整天人来人往，欢声笑语。姨父家有电视机、电风扇，还有高档录音机，吃、住、用，都比我在家里优越。

“活儿不太重。制砖跟泥土打交道，烧制石灰就是跟石灰石打交道。石灰石在窑里烧好以后，我们将热烘烘的石灰块往外出，浑身都是灰尘。天热的时候窑洞里更加烤人，我们喝完一大茶缸的凉水进去，出来时变成了热乎乎的汗水。不久，我的头发变黄了，脚板下烙出大大小小的血泡，伤迹斑斑晚上洗脚疼得难受。

“哦！我还想起一名教我习武的师傅，他的名字叫阮怀堂，是合肥地区十大门派之一。他的功夫真棒，能拍碎鹅卵石。他教我罗汉拳、排打功和格斗术。他的名气不小，谁在当地遇到地痞流氓，只要说是怀堂的徒弟就可以了。我一般是晚上去学，持续了半年多。这里就不多介绍了，不是你们采访的重点。

“我常有一些冥想，时近时远，忽好忽坏，近的就像在眼前，远的不着边际，如同遥远而又陌生的梦幻。在静的时候，我喜欢用想象描绘未来，好似向往，恰如幻觉，有时越想越多，越想越长，恨不得要把一辈子的事情都想完。我真的不知道未来会怎样，但又真的很想知道。

“人都有记忆，人不应该失去记忆，失去记忆就失去了自我。这不是我说的，是一位名人说的。在很多时候，我不自觉地回想起过去和往事，心情错综复杂。孩提时代在阳光下，捏着泥巴玩耍；童年时代在月夜里，打着灯笼捕捉；少年时代在校园内，唱着响亮的歌曲；青年时代走着回家的小路。多少老师和同学，相处过的朋友，生活过的地方，熟悉过的景物……都是我回忆的内容，对往事，我心中总是洋溢着多种情愫。

“对农村和农事最有感触的是二十一岁这一年，其印象是很立体的。

“如今和往年不同，农村的正月别有一番风情。日子一年比一年好，亲朋好友，来来去去各家拜年。穿的衣、吃的菜、喝的酒、抽的烟，都比以前提高档次了。过了正月十五，仍然有去处，看灯的、看戏的、舞狮子的，好玩的地方真多。

“二月大地复苏，万物生发，草木变绿，鸟语花香。农活开始了，一边给田里的油菜麦子锄草施肥，一边挖地、买肥料、积粪、搓绳，做好春播夏种的准备。

“三月春意盎然，阳光绚丽。往往是下雨天比较多。河水来了，我们把秧田犁过来，播下种子。之后，早晨上水，傍晚放水。抽时间种菜、放牛、上街买农具，逮些小鸡小鸭回来喂，养猪也是从春天开始的。

“四月油菜黄了，先割了挑回来，打油菜取出籽粒。接着犁田，插秧。我干活的速度都不慢。接着就是割麦子、插秧。然后，挑些菜籽去卖些钱，准备过端午节了。

“五月是青黄不接的时节。有的人家粮食不够吃，这时候还要往人家借米下锅。我家也断过粮。十七岁那年，朋友杭传山来我家，正赶上缺粮。后来，我端着脸盆到邻居家里借了七斤米，应付了几顿。不过那是以前了，自从有了杂交水稻，基本上解决了温饱问题。五月主要是薅秧除草、杀虫、施肥、田间管理。薅秧草是可以一边干活，一边思考问题的。

“六月天气炎热，大忙季节，我们家栽双季稻，早的收割又栽晚稻，称为‘双抢’。从早忙到晚，有时到半夜还没忙好，又累又困，那滋味，恨不得要睡个三天三夜才好呢。

“七月的天更热了，简直要把人烤出油来。晚上蚊子逞凶，闹得人无所适从。薅两遍秧草，要收割中稻了。中稻基本上就是杂交水稻，长得壮，不仅难割，挑起来也很沉重。两个弟弟挑不动，多是我干的活，我挑在肩上咬牙切齿，断过扁担。眼望无数个稻把躺在田里，我想何时才能挑完。

“八月，稻还没收完，将稻把挑回稻场，还有下一个工序：用牛拖着石滚碾压，俗称‘打稻场’，把稻谷取下来晒干，借风扬干净挑回家，除了口粮，再挑到粮站卖。稻草也要晒干堆起来才算了事。紧接着犁田、整田、挖排水沟、准备秋种。这时候晚稻已经成熟，要割要打，加上秋种忙成一团。说起秋种，工序也繁杂，而且田地面积大，时间紧迫。秋天的白日短，起早带晚一忙就是一天，常常感到时间不够用。

“九月的秋收还有尾巴。忙罢之后让稻草上堆，让粮进仓，把晚稻卖掉，农活基本上就告一段落了。秋天虽是忙碌，但是收获的季节，手捧着黄澄澄的稻谷，农民的笑容就像晚霞一样灿烂。体验丰收的喜悦，再多的付出都觉得值。

“十月往后，这三个月属农闲时期。我们那里地少人多收益有限。因此，家里的劳动力都得想点子，找门路挣点钱。壮劳力，特别是年轻人都外出打工了，村庄显得冷冷清清的。

“生活毕竟是美好的，大自然和劳动都能让我体会到生活的意义。虽然生活本身看上去是朴拙的、单纯的，有时感觉比较清苦，但是我却时常抱有愉快的满足。我不想去打鱼了，也不想外出打工了，我想换一种方式挣钱，也许能闯出不同的结果。但到底做什么呢?

“我决定做商贩，俗话说，做小买卖。”

“啊！不会吧？”陈记者惊讶了，“你这样子可不像是做小买卖的人啊!”

丁导打趣说：“我看也很正常，戴总那时候没这么胖，肯定瘦得像个猴似的，哈哈！”

戴为明说：“以前我也没想过。刚做时感到陌生，甚至有点惊慌失措。对话、称秤、算账，表现得很不自然，而且拘谨，但渐渐也就娴熟了。”

“我每天起得很早，骑着自行车去赶集。车上别着一根15公斤的秤，车架上带着蛇皮袋或者麻袋。到了街上我左顾右盼，看有没有我要买的东西。鸡、鸭、鱼都可以，问问价，觉得能赚到钱的就买下来，捆扎妥当往城里赶。一路上拼命地踩着自行车，心中盘算着该怎么卖？能赚多少钱？

“来到城里南门大市场，我把东西摊在地上，耐着性子等候顾客光临。有时，跟客户半天也谈不好价格，而有时谈好了价格，算算账没赚到钱。如果今天赚到了钱，回来路上哼着歌；如果今天没赚到钱，走路都没劲，只觉得饿，头都抬不起来，到了家吃饭也不香。

“有一次，我买了两麻袋的狗肉到合肥。一路上辛辛苦苦，上车下车，挑到农贸市场，卖了两天。天气太热，还有几块狗肉就是卖不出去，我担心快要变味了，急得浑身的血在倒流，后来，被一个外地人买去了。回来算算账，这一趟生意只赚了四块钱，还遭了那么大的罪，真不值得。

“通过一个多月的实践和总结，我对做生意的关键语言、方法和技巧有了掌握，而且不断了解行情，分析供求关系，于是，我瞄准了市场商机。

“到了冬季，农村的咸货纷纷上市，包括咸鸭、咸鹅、咸鸡，卖得人很多；而城市里没有这些，想买的人很多。有了这样的供求关系，机会不容错过，心动不如行动。我每天早晨鸡叫起床，看看书，活动一下身体就出发了。冒着刺骨的寒风，踩着冻僵的小路，双手和耳朵冻得又疼又红，走了近二十里路到了街上。这街叫东桥集，咸货多，价格稳定。买好后，我马不停蹄踩着车，再跑了二十多里路直奔六安城里。虽然远一点，但是很好销售，一天净赚十几块，平均一天能赚十块钱。

“是的，都说做生意受苦，披星戴月，栉风沐雨。尤其在寒冷的冬天，做生意格外遭罪，没有亲身体验过是想象不到的。

“以上讲过三弟在外打工，而他打工的现场我未曾见过。来家时，一见他我就加以联想，心中产生一点酸楚感，毕竟他不到十五岁就出门打工了，我怕他在外面会吃亏。小弟在上初三，他上学和放学及其走路的情景历历在目。”

“刚才戴总讲的是二十一岁的经历，”陈记者说，“我感觉情况开始转变了。下一个年头你二十二岁了，到了这个时候，你的想法是不是很多啊？”

“是的，想法很多。”戴为明说，“有人认为这是一个多梦的年龄，我仿佛在一片充满阳光、色彩瑰丽的天地里生活着，常常奇思纵横。每一线朝阳，每一缕晚霞，每一季花叶，每一场风雨，都如同一首诗、一支歌、一幅画、一段情，深深地溶化在心间，时而让我心潮起伏，感慨万千。对于所生活的环境，我产生过一次又一次的思绪柔情，或激动、或凄婉、或亢奋，复杂得难以描述。只有这个年龄的人，才能全面准确地体会到。多年之后，那些宝贵的东西难以找寻，就像不能认识年轻时的自己。

“我热爱生活，不论多么累多么苦，或是多么大的精神压力，我也全然不在乎，灵魂中有源源不断的力量在释放，抗拒着一切外力。我珍惜时光，每时每刻都不想浪费，现在珍惜将来不会为蹉跎岁月而懊悔。

“从二十世纪八十年代初，改革的大潮席卷全国，经济方面出现了方兴未艾的大好形势。社会在发生着空前的变化，各行各业加快推进改革开放，搞活经济，大众的生活方式也在悄悄改变，全民市场经济意识普遍增强。出门打工、做生意、跑买卖和找副业的日渐增多，一切在向好的方向发展。

“今年做生意，我有了一个新伙伴。他是我们生产队的一位男青年，叫王成平，二十一岁，个子比我矮，稍胖些，长得结实。他性格外向，爱谈笑，做事敏捷。他跟我似乎有某些默契，感觉很投缘。这家伙不爱看书，对武术颇有兴趣。他很快仿照我的‘装备’制作了一套，天天练习。我们一起贩鱼、贩鸡、贩黄豆、贩梨子，一块儿出去一块儿回来，一路上相互照应。

“但是，王成平不久便离开了家乡。

“情况是这样的。他以前也打过鱼。去年冬天，在湖南一个山区他谈了一个妹子。今年女朋友寄来了一封长信，信上说虽然父母和哥嫂有点意见，但她本人是真心真意的，希望双方的感情能继续下去。让王成平苦恼的是，那女孩是初中文化，信写得很有文采，而王成平小学毕业，写不好信，一直没有回信这事搁下来了。我得知后大为震惊，决定助他一臂之力。几经策划，数信齐发。对方的父母和哥嫂转化了思想，对王成平也产生了好感。不说别的，就看这信写得多好啊，认为王成平是个人才。紧接着，征得家人的同意，王成平上门为婿，双方无不称赞叫好。就这样，他离开家乡去了湖南。

“这件事，说明了文化的作用是偌大的。我用一支笔为他们铺设了姻缘之桥，也进一步领略到文化改变人生的实际意义。

“以前跑几里路到人家门口看电视，如今我们家也有了电视机，14寸黑白的。尽管电压不稳忽明忽暗的。八十年代中期，家有电视觉得很稀罕，算得上一种高档电器。从电视上，我接收到来自政治、经济、文艺等各方面的信息，看到了新事物的不断涌现，也看到了改革开放之后的大好形势和一派繁荣的景象。我开始领悟到未来社会的各个领域将会充满竞争，对专业技术、行业管理和文化素质的需求不断提高。那么，怎样才能适应未来的发展呢？又怎样来做一位竞争中的佼佼者？我的感悟是：学习，实践，提高。

“近几年，从城市到农村都发生了喜人的变化，家家户户的物质条件提高了，生活水平改善了，精神面貌也有了明显的提升。田头地角的男女老幼，欢声笑语多了起来。

“农村的生产资料不断科技化，生产工具不断现代化。有了足够的粮食，吃不完就卖，多余的时间可以出去挣钱。可谓有吃有穿有钱花，逢年过节喜气洋洋。有人说，早前缺粮饿死、缺衣冻死的，都争先恐后地赶来投胎问世，人口发展太快了，于是，计划生育严格起来。

“农村的一些破草屋子拆了，土坯墙换成了红砖，房顶盖上了瓦。水利设施多处修建，道路交通四通八达，河堤、路旁都栽上了翠绿的小树，一派生机勃勃的景象。以前，我家的三间破屋子，又关鸡又关鹅，又拥挤又潮湿，一到夏天臭气熏天，这个历史一去不复返了。

“父亲日复一日地上学教书，二十多年了，他就是这么过来的，满面皱纹换得桃李满天下。父母一直看好我，对我所做的事情总体上是肯定的，可惜我并没有做出什么成绩。所以很多时候我自觉愧疚，暗下决心将来要弥补这个缺憾。

“那时的农村，城里人一般是不来的，只有钓鱼才会下乡。农村很少看到报纸，但收音机里不时播出各种培训广告：‘无根豆芽’‘无窑烧砖’‘快速养猪’‘裁缝班’‘无线电班’‘养鱼班’等等。这些都标志着时代的不断进步和经济的快速发展，也提示我们把技术转化为生产力已日趋迫切。

“有那么一天，我好像突然成熟了很多。晚上辗转反侧，夜不能眠，抽着烟，在房间里徘徊。十点、十一点、十二点、一点、二点，我看看月亮，皎洁的，遥望星空，深蓝的，吸口空气，清新的……睡不着，在那样静谧的夜晚，我独自一人在房间转悠，大脑里想了很多，其中有一点很重要，我想改变自己的命运。

“看来，不尝试一下是不甘心的。名言道，经历本身就是财富的来源。于是我做出一个决定：把以前捕鱼的经历写成故事，打印成册到南方销售，说不定一举成功。

“于是，我开始起草稿子，既不是小说也不是散文，而是故事。我特别注重它的趣味性和可读性，丝丝入扣，耐人寻味，名字叫《捕鱼人的秘密》。写完之后放起来，计划明年春天开印出售。

“一想不对，为什么要等到明年春天？说干就干，我一鼓作气把《捕鱼人的秘密》修改完毕，找到我的同学鲍传明商量此事，希望合作做此生意。他听了我的想法后欣然同意了。我买来油印机，然后将文字刻在腊纸上，连夜印了400份，装订成册，又带上一个小伙子，三人便出发了。这是把文化知识转化为商品经济所迈出的第一步。

“打算去江南，途经安庆，口袋的盘缠已所剩无几，我们决定先卖一两天，有了充足的路费再继续。于是在轮船码头附近的路边上，我们摆上地摊，铺上一张关于《捕鱼人的秘密》的广告说明，一时引来了众多看客。价格每本五角，结果销量平平，人们最大的反映是印刷不清楚。后来到了长途汽车站对面销售时，被派出所一举没收，理由是不准摆摊设点。我们哀叹：太不了解城市的管理了。

“三个人垂头丧气地回来了。他们两个显然想退却了，而我没有成功心里不服，在同学鲍传明家眉头紧锁，一筹莫展。正当我近乎绝望之时，一张巴掌大的纸片吸引了我，这块纸片是鲍传明从报纸上剪下来的，是一篇约300字的‘快速养猪法’报道。是否可以把它翻印出来在乡村推销？这个成本小不担风险。说干就干，我立马刻印，而且特别注意印刷质量。忙了大半夜，一口气印了600份，我满意地笑了，但成功与否是个问号。

“此时正值初冬，踏着晨露，我一手提着油印机、一手拎着大包又出发了。前天从安庆回来，我到鲍传明家没有回自己的家。此时我想，成功就回来，不成功就继续寻找突破口。

“一个人最大的破产是绝望，最大的资产是希望。此时我的资产只有希望。

“我风尘仆仆地到了阔别已久的杭传山家，这位老朋友十分热情地招待了我，席间我告诉他，此来打算借住数日，推销‘快速养猪法’。他表示支持，并告诉我最近的集市是固镇。

“第二天一早，我赶到固镇，摆了一个地摊，广告牌上有一行醒目的大字：推广‘快速养猪法’，资料两角一份。赶集的人很多，人们用奇异的目光看看我，脚步不停。到了十点钟，一份也没卖掉。

“创业，难！想成功更难！当我没有成功而处于失败的境地中，心里无限苦闷，应该怎么办呢？

“收了摊往回走，心中有难以表达的沮丧。走过一个个村庄，看到一户户人家，见到一头头生猪，我并不气馁，想直接走进人家，一对一当面推销。可是到了人家门口，我鼓足的勇气消退了。

“成功也许是逼出来的。终于，我以最大的勇气进了一户人家，看到一位中年妇女正在忙碌，我拿出资料，并拿出原件，告诉她这是《农民日报》上刊登的‘快速养猪法’，技术真实，如果去培训一次需要几十块钱，而这份资料内容相同，只需两毛钱，中年妇女听了我的解释买了一份。

“我成功了！满怀着喜悦，一连跑了几十家，卖了二十几份。第二天推销了四十多份，第三天卖了五十份。在工友家住了将近十天，总计销售了四百多份。后来我转战到了木厂、新安、太平、东桥，龙脚山等地，多亏原来的工友帮忙，给了我落脚的方便。资料的价格，由原来的两角一份增加到五角。长途跋涉，跑过千家万户。经历了一个冬季的求索，我感到脚下的路变得光明而又宽广。

“就在这个冬天，我认识了一位青年，他的名字叫孙楠。”

戴为明说，“上午我们就讲到这里好不好？盒饭马上到了我们先吃饭，下午接着讲。”

陈记者看了一下手机，蹙眉说：“还不到十二点，不急，再讲一会吧。”

丁导和小田对陈记者的建议表示赞同。

戴为明只好又坐下来，他说：“好吧，那就再聊一会。

“二十四岁这一年大年初五，我家来了一位客人，他就是孙楠。去年快过年的时候，我上城里买油印机的油墨，在六安长途汽车站门口，发现他在卖一本本小册子。因为我也卖过小册子，所以好奇地走过去和他交谈了一会。谈得很投机，都有相见恨晚之感。临走时，互相交换了地址，说好了春节后见面商议合作之事。想不到，他这么快就到了我家。

“更想不到的是，他成了我城市生活的引路人，对我的生活方式和发展途径，起了相当大的作用。一句话，他在我生命中的出现一定程度上改变了我。

“孙楠年龄比我小一岁，身高中等，略胖，五官英俊，戴一副近视眼镜，说话柔和，举止文雅，书生气十足。他家住在六安县凤凰台乡，是独生子，初中毕业后在凤凰台乡办了一个信息站，从事各种技术经济信息的收集、传播和转让。因成效不佳，才到六安城里租了一间房子，买了油印机，印刷各种技术资料和致富信息，装订成小册子，以每本五角出售。生意情况尚可，收入不高但相对稳定。

“在我家住了一晚，第二天他便领我到他的住处南通巷8号。在十几个平方米的小屋里，我们谈得很投入，在性格爱好和志向等方面都有某种默契。于是，我们决定合作，共创大业。

“经过策划，我们拟办‘科技信息报’。其内容包括刊登致富信息和致富技术，通过媒体传播，出售技术资料，开展技术培训，发行方式以赠送和代销为主。

“第一次在这小屋里，我和他就那么商定了，过了元宵节我就搬到这里。

“正月十六这天，是个值得记住的日子，三弟送我，挑着衣服、被子、大米、油印机走向城市，像再一次脱离了农村。不过这一次与上一次不同，我不是去做苦力，而是去城里创业。

“住进南通巷8号后，我和孙楠进一步研究‘生路’。办报的话，有几个问题，一是审批难，有风险，不能排除失败的可能性；二是需要投资，首次印刷费160元，加上其他费用和投入，需要200多元。万一失败，则不能恢复元气。况且眼下资金相当紧缺，我们俩连150元都凑不足，房租费要交，还要买油买菜……怎么办呢？

“我有个主意，先做‘短平快’的事情，等有了钱再办报。我包里有份三张纸的‘最新消息’资料，是朋友高明新在外面做生意时带回来的。把它翻印出来，找两位小朋友帮我们零售，这样很快就有了收入，可以解决燃眉之急。孙楠听了我的意见欣然同意。

“在原文的基础上，我们加以修改和整理，并从报纸上摘录了几条新闻增加上去，使小报变成了五张纸的合订本，内容更趋丰富和新颖，然后打字、印刷、装订。

“我们从家乡各找了一个小男孩，都是家境贫困的辍学生，给他们一天三块钱工资，包吃包住。一切准备好了，决定开张。

“开张地点放在长途汽车站门口，摆一张广告牌，牌上写着小报内容的标题，每份三角，结果半天卖了三十多份。这个收入在当时相当可观，因为大米每斤只卖两角多钱、猪肉每斤一块钱。从销售分析，一天二十多元没有问题。

“所谓‘最新消息’，都是从报刊上精选的新闻，比如‘地球上是否有外星人来过’‘未来的科技发展方向是什么’‘最有营养的食物在哪里’‘长寿的秘诀’等等。对于当时还处于封闭状态的群体来说，可以花小钱，了解诸多感兴趣的新鲜事。

“有了钱，便可以买菜买酒享受一下，可以买张电影票或录像票，可以买新潮的服装，穿得整整洁洁在大街小巷中潇洒走一回。总之，有了钱便有了欢笑，有了光彩。

“城里，人是那么的多，房子是那么的高，路是那么的宽。白天熙熙攘攘，晚上华灯异彩。一切是这样绚丽，这样迷人。城市的生活，充满着芳香，洋溢着温情。

“我们的小报不光在车站零售，也在皖西路、黄大街零售。后来，还去过新安、太平、孙岗、安庆等地。其中，在安庆某旅社因没带身份证被收容，三人在收容所待了一周，由父亲接回。

“小报第二次更名为‘重要消息’，第三次更名为‘最新文摘’，内容上不断更新。小报在篇幅上有所加长，印刷质量采用了电脑打字，价格由三角到五角，五角到八角。但收入未增加太多，原因是车站和市区都在严管，不准摆摊设点，不许无证经营。因此，我们只能审时度势，乘机零售，打一枪换一个地方。

“由于经济收入尚好，以至于我和孙楠都没有兴趣去办‘科技信息报’了，覆灭了当初的构想。想一想，人的愿望是多么容易改变。

“这一年六月，我受了重伤。从皖西路路过时，遇到三个街头地痞正在向一位卖水果的中年人索要早点钱，我看不惯便上去制止，三言两语打了起来，当时他们吃了亏溜走了。到了第三天，我和孙楠走在路上谈话，突然窜出四五个汉子，手持西瓜刀劈头砍来，我一躲闪胳膊挨了一刀，砍出一条十公分长的口子，正在关节处，一抬手看见了骨头，鲜血直滴。后到中医院治疗了二十多天，出院休养数日。那时正值夏天，吃饭、洗脸、洗澡都是孙楠帮助。拆线后，胳膊活动受限无法伸直，像残了一样。按医生嘱咐又咬牙切齿练了数日，功能锻炼又苦又痛，心中无限感伤。

“这期间，我结识的几位朋友都经常来看我，安慰我，给我精神上的支持。可是，那两个卖报的小男孩却相继离开了。他们害怕，怕有一天被痞子打了，说还是回农村安全。

“这一年中，我和孙楠除了经营小报，还采购编辑过各种资料，开展技术培训，做了一些拓展经营的尝试，试图进一步开拓市场，增强立足能力，但结果并不理想。例如说，在秋季，我们和彭得胜共同创办了一个小型肝素生产厂，在六德巷租了五间房子，一边生产成品，一边作为培训基地。由于生产管理需要，孙楠要搬到六德巷的房子里去住，我感到很无奈，心里有些难过。

“然而从那以后，孙楠再没有搬回南通巷8号。”

“他怎么啦？”陈记者不解地问。丁导和小田睁大了眼睛，以为孙楠出了什么意外。

戴为明道：“别急，你听我讲。肝素制作技术含量相当高，工艺复杂，所用材料都是化学品。成品肝素细粒状，灰色，密封保存，两个月时间，提炼的成品不足五克。后因周围居民反映气味污染而被迫告终。”

“这次失败对我们的打击非常大，过去的积蓄和投资化为乌有，孙楠无法接受惨痛的现实，他决定要离开这个伤心之地。任我怎么劝慰都无济于事，最终他还是选择走了。真想不通，他竟然跟随邻乡朋友去山西的一家煤矿做苦工了。我们不断写信联系，在信中我问他为什么要这样选择，他说想改变一下职业，换一换生活方式，闯一闯世界，寻找新的出路。后来的事实证明，他的山西之行险些丢了性命。但是，他结识了一位新朋友，这个人引导他去了北京，以至于他在北京获得了新的发展，并且在北京结了婚。

“所以说，人生之路是漫长而又曲折的，要想走出真正属于自己的路，就必须经历艰苦的探索和顽强的追求。一个成功的人，难免要经过挫折和失败。涅槃重生，一往无前。

“孙楠走了，我想念了好久，难以形容分别后的怅然和忧思。人啊，为什么要相聚，又为什么要离散？楼下的老人安慰我‘天下没有不散的宴席’。合作伙伴走了，我孤单一人怎么办？

“经过思考，我决定还是把小报的生意做好。因为小报在市场上潜力比较大，想要收到更好的经济效益，首先要改革。主要是三个方面，一是内容要充实，要真实，要具有吸引力，要从各个报纸杂志上精选好的内容，提高小报的阅读价值；二是内容上向科技性、实用性和经济性方向侧重，如‘科学捕鱼技术’，这样顾客购买时有经济回收的热情，一本万利；三是价格每份提高到一元。经过几天的策划和筹备，一本新的小报展现在大庭广众面前。

“我只能独来独往，唱独角戏了。把资料装进黄书包，整理好衣服，挎着黄书包朝皖西路和长途汽车站走去。有时在皖西路摆摊，卖一会去车站。回来时，在皖西路上再卖一会。

“长途汽车站有两个好的生意时段，一个是早晨五至八点，还有一个是中午十一点左右。这两个时间段客流量多，零售量大。特别是中午，有时半个小时可获利十多元。话又说回来，早晨的时间段比较长。天朦朦亮，我已经在车站售票处摆好了摊位——说摊位其实就是一张两开纸的广告牌，牌子上用红、绿、黑三种颜色写的标题。我端坐在候车室的椅子上，一本本资料放在座椅上等人来买。如果顾客走过来看，我简单介绍一下，用手翻着资料，我说花一块钱可全部了解。

“在车站里时间长了，卖书的、卖小百货的、卖面包的、卖打火机的，以及那些乞讨的、扒窃的，全都认得。对于正当营业的，我与其交谈并保持友好态度。对于那些不务正业的坏蛋，我既不得罪他，也不接近他；说来好笑，他们看我的眼神，总是下不了手。可以说，车站里男女老少、高矮胖瘦、美貌丑陋，什么人都能见到；能看到好人好事，也能看到丑恶行为。

“车站内环境比较好，热闹，有座位，风雨和烈日都不影响我。只是车站派出所有时管得严，好在时间长了都认识，有见面之情，所以要好得多。警察不怎么管我，有时还会跟我聊聊天，要我看到扒手来了告诉他们。那时候，每次走进车站都有点恐惧感，甚至无所适从，怕生意不好，又怕被黑恶分子暗算，原因是有人以为我会给派出所提供情报。而卖完了往外走，朝家回，心情就开朗起来，有一种难以言传的解脱感。久而久之，车站外面的生意人我也很熟，卖茶叶的、卖苹果的、开饭店的、卖烟酒的、下棋的……，他们也都认识我。

“比较宽松的还是皖西路，地方大，人来人往具有活力；而且有收国库券的女人们陪着聊天，有时帮助做媒促销。生意倒是不错，但下雨天、刮风天，不能摆广告牌，天热了太阳很晒人，热得难受。

“不论在车站，还是在路上，生意都不太稳定，俗话说，撑不死饿不坏。当年，六安城里经济基础薄弱，市场疲软，商业经营普遍低迷。就我这个小生意，已经有不少人眼红了，他们认为收入很丰厚。

“不久，又有几个人要跟我合作，包括苏丙圣和老孔等人。他们帮我卖，我付工资，这样就好多了。

“我依然住在南通巷8号。楼下的房东是一对耄耋老人，男的叫舒风金，女的姓周，我对他们以爷爷奶奶相称。老爷爷勤快和善，是个老好人；老奶奶性格有点古怪，喜欢斤斤计较。两位老人对我相当关心，常常以肺腑之言与我交谈。每逢闲适或乘凉之时，老人就把几十年前的旧事回忆给我听，从而我对旧社会的悲苦和凄惨多了一些了解。

“我住在楼上，房子里面放一张床，一张圆桌，两个板凳，一只炉子，一块支起的石板，石板上放着炊具。房子不大，两扇窗户挺大，长年明亮。房前有一大块平台，约二十平方米，可晒衣被，可养花，可活动身体。我有时在这儿练拳，或观看夕阳晚霞。在这个平台上，我明白了许多世间真情和做人的道理，这儿也曾让我产生过无限的畅想，或喜、或忧。

“城市的生活绚丽多彩，如同置身于七彩的光环中，令人目不暇接、浮想联翩。夏天的晚上我出来散步，看奇异的街灯、婀娜多姿的女子、热闹的夜市。公园里我逛过，电影院我坐过，卡拉OK我唱过。城市的夜晚像多情的诗，如多彩的画。

“我不能浪费时间，我还想学点什么，把时间利用起来。究竟学什么好呢？没有人指导和引路。经过思量，我选择了法律。

“于是，那张小圆桌，既是写广告牌的，又是学法律的写字台。你问我学这干吗？想丰富自己，也想增加就业门路。如能帮顾客代写法律文书，譬如说起诉书、答辩状、合同等，不是可以挣点小钱又能学点知识吗。

“我时常回家，给家里做些农活。家里有了我特别喜爱的录音机，空闲了我就摆弄，有时深更半夜还在翻来覆去地听。这台老式的梅花牌录音机，是我姨妈送的，它给了我无限的惬意。有一首叫作《岁月的歌》很好听，节奏欢快、曲调优美、富有动感，是龙飘飘唱的。

“一年一年过得真快，两个弟弟已经到古城南京好几年了。三弟做了承包班组负责人，也相当于包工头。自去年起，他组织了十几个人，包些单项工程。这样一来，比只身一人挣的钱要多。他们平时很少回来，每到春节，全家团聚，几年时间都是这样。两个弟弟带给家里喜悦和温慰，为家庭增添了欢笑。但是短短的半个多月过去了，他们又要走了，去往那遥远而又陌生的城市。他们临走前，我有浓浓的依恋之情，心里隐隐作痛，心想着何时再回来啊！他们走后，家中一时像失去了什么，有明显的失落感和空虚感。我由衷地感叹，人啊，为什么长大以后要天各一方，咫尺天涯？

“我依然坚持在城里创业，同时照管家里的农活。

“每一年有每一年的思考和计划。我想在做生意的同时，扩大经营范围，自学一些新技术，尤其是加强法律知识的自学，尝试依靠法律服务拓展门路。

“事实上，不是我想得那么简单。法律这门学科，具有未知的深度和广度，它的内容包罗万象，牵涉面相当广泛，融入了政治、经济、科技、逻辑等多门学科的知识。当时我很感兴趣，心想即便当不了律师，提高法律意识、用法律的武器保护自己，或者能写写法律文书，也是不错的。

“有一位叫何金国的朋友对我帮助很大。他自学法律多年，精通法律程序，有办案经验，给了我很多启发。其次就是书，我搜集并购买了一些法律法规方面的教材和读物。经过一段时间的刻苦学习，我有了一些初步的认识和了解，为了理论结合实践，我贴出了“代写法律文书”的小广告。心想事成，还真的有人找上门来。

“我的主要经济来源还是小报。新的一年，经过整理和编辑，小报有了新的格局。结构上更加清新规范，内容上更加针对农村和商人，有关学生和军人的内容去掉了。

“这一年，我的小报一部分零售，一部分以批发的形式出售。仅批发一项，数量超过了三万份，但批发价格非常低。其中，我还拯救了一个贫苦的乞丐。

“关于乞丐的故事，如果具体的讲出来，一个小时都讲不完，情节相当曲折感人。简单地说一下吧：那天我在皖西路上看到他，衣服褴褛、行动呆滞，正在垃圾桶里寻找食物。我看他可怜巴巴的样子很同情，叫住他，当场给钱让他买点吃的。待他吃饱后，我问他为何落到这种地步，他把来龙去脉告诉了我。原来，他有过悲惨的遭遇。最后，我决定叫他卖报，让他由一个乞丐变成一个自食其力的生意人。他姓马，名字叫马宝强。后来，他的生意做得真不赖，他几乎不说一句话，却卖得比我们都要好。当然，顾客怜悯的因素可能比较多。在他的心目中，我是上帝，我是他的救命恩人。

“人在世上不妨做点好事。”陈记者说，“学会同情和善待别人，给自己留下一些回忆。”

“是的。”戴为明说，“快到一点了，我们吃饭吧，吃过饭接着讲。上午讲的都是故事的基础，为理想而蛰伏，更精彩的在后面，为理想而献身呵呵。”

丁导说："到了这个阶段，应该是一个转折了。戴总你能不能把上午讲的内容简单地总结一下？"

陈记者说："对对！请戴总简单地总结一下。"

戴为明说："来，先吃饭吧，中午饭我们就简单一点，不好意思。他笑着把盒饭分别递给陈记者、丁导和小田，自己打开盒饭，大口大口地吃起来。这样吧，一边吃一边总结。"

"没关系。戴总客气了！"陈记者和丁导几乎异口同声。

戴为明说："二十多年过去了，回头看看走过的路，足迹广泛，曲折多变，我在不同的地方思考、追求。要说总结，也没什么，正如走着一条上坡的道路，虽然没有什么成绩，但是一直在拼搏，在进取，在攀登，在求索，没有停息，没有滑坡，更没有堕落。人生之路，只能向上不能向下，向上走才能不断进步。"

"太长了，戴总你能不能用几个字总结一下？"陈记者笑着说。

"几个字？"戴为明喝了一口汤，沉思了片刻，说了七个字："人是需要打造的。"

陈记者问："怎么理解？"

戴为明说："小时候，需要严格的管教。金器是'打'出来的，需要各种'打击'才能成熟，这都是外因。'造'是自己有意识的仿造好的，锻炼自己，造就自己，造福自己，这是内因。尤其是男人，不能怕'难'，男人就是'难人'呵呵！"

四个人都开心地笑了。

二十分钟以后，四个人回到了座位上。

丁导说：“通过上午的讲述，我觉得有个问题，戴总讲的心路历程比较细，而属于成功之路的主题内容不够直接，励志的情节偏少了，是不是？”

陈记者说：“把从小到大的心理活动和思想感情讲出来，也是需要的，这是前提和铺垫。不过丁导的意见也有一定道理，请戴总根据我们关心的主题，着重讲一讲如何通过奋斗实现理想的。”

“的确有点，”戴为明点点头，说，“那这样，下面的部分我会抓住主题，琐碎小事尽量少讲，主要围绕干事创业、追求成功这个主线来展开。”

“好的。”陈记者和丁导都点头表示认可。

戴为明说：“二十六岁这一年，我经历了婚姻的挫折，也经历了一场灵魂拷问，我在反思一些问题，过去我做的事情有没有秉承良知？能不能长远发展？去打鱼、去推销‘快速养猪法’，尤其是经营小报这样的生意，内容虽然属实，题目上改了几个字就夸大了，这是不是有欺诈的因素？不能说一点没有吧，多少有一点。父亲前不久告诫我，你在外面要坚守正道，不能做没良心的事情，再穷再困难，都不要坑蒙拐骗，更不要敲诈勒索。看来这种事不能再做了，赶快收手。当即我在笔记本上写下了很漂亮的一行字：改变经营方式，坚守人间正道。这个与孙楠那时的想法倒是有点相似。

“那么做什么呢？我天天在街上转悠，寻找新的机会。我给自己规定必须在一周内确定目标。经过多方调研和反复论证，我终于确定了：卖凉拌菜，又叫朝鲜菜。

“对我来说，这是一个全新的行当，技术从哪里来？材料从哪里来？又怎么会做呢？

“学习需要费用，一打听，这朝鲜菜的培训费涨到四百块钱了。怎么办？我终于想了一个办法。南门菜市场卖朝鲜菜的有一位青年是家乡人，我们熟悉，但他不会教我的，怕我学会了占据他的市场份额。他的生意做得非常好，每天摆三个摊位，忙不过来，家里还请的师傅专门做菜，这师傅是他的表叔。对了，就找他表叔，也许能探究到做法和秘诀。于是我找到了一个时机。

“确定他表叔一个人在房子里，我悄悄地去了。他很惊诧，说你是做什么的？我说是刘大山的老乡，做小报生意，今天小报卖完了来找刘小弟玩的。我掏出事先准备好的中华烟跟表叔聊了起来，口口声声称他表叔，香烟一支接着一支。看样子他爱抽烟，我把香烟干脆放在台子上让他自己拿。慢慢地，他放松了警惕，根据我的兴趣把朝鲜菜的配方和做法都告诉我了。我称赞他的手艺很有价值，他听了非常得意，也许很少有人这么赞美他。一个小时过后，我把饴糖、花椒、辣椒、八角、桂皮、陈皮、八角、香草和姜、葱、蒜等调料都弄清楚了，而且知道了什么调料配比多少，如何煎制，如何添加搅拌，又如何出菜。全都记在脑子里。

“技术学到手了还不行，还需要材料、工具和推车，卖菜用的推车是最大的投资。为了节约成本，我从自行车修理铺里买了两个旧轮子，然后回到农村找木工制作。尺寸是我夜里去测量好的，玻璃是我单独购买的。不到一周时间，崭新的凉菜推车就做好了。从农村到城里，有二十多里路，怕被人看见丢人，我凌晨两点钟就出发了，到城里天色破晓。”

“你有帮手吗？一个男人怎么会做菜呢？而且还要出售。”陈记者睁大了眼睛，也许她感到不可思议。

戴为明说：“没有帮手，就我一个人做。买菜、买调料、洗菜、调制、拌菜，然后推车及其卖菜，全都是我一个人。每天早晨四点钟起床，做好菜大概六点。赶集的路上，望着十几盆色泽鲜活的菜品，最担心的是今天能否卖完。上午卖到十二点钟，中午休息，下午四点再接着卖。”

“都是些什么菜？”丁导好奇地问。

“有作料凉拌的海白菜、海蜇丝、豆花菜、苔菜、腐竹、龙虾等等。这些菜的共同特色是鲜嫩、香辣和爽口。卖菜的人是我，而买菜的都是什么人？时间久了，我产生了思考。有一点是肯定的，他们都比我强，他们有文化、有知识、有技能，还有钱。因此在空闲的时间，我心怀梦想来到新华书店，买些书看看，尽管这些书并没有立即改变我的生活。

“凉拌菜的生意真的是不错，但是到了天冷的时候就难卖了，尤其是冬季，只能停业。

“为了生活，岂能停业？想来想去又干起了原先的贩卖咸货。腌制过的鸭子、咸鹅、咸鸡等农副产品，这些东西离城市越远差价就越大。前面讲过，我到三角寺、太平街、木厂铺这些地方购买比较便宜。于是，我又开始了漫长而又艰难的长途运输。凌晨三点起床，骑上带有农用袋的自行车去赶集。赶集的路差不多有一半是小路，车子不能骑，只能推着走。天没亮，只能依靠星光或手电筒来照路，一高一低，崎岖不平的乡路真难走。路上很难看见一个人，只是偶然听村庄的狗叫和鸡叫声。也好，听到这些声音不至于太孤单。你们想，在漆黑的夜晚走路，如果突然从路边飞起一只小鸟，是不是有些恐怖，让人心惊胆战。一想到鬼的故事，我就头皮发麻，赶快敲响自行车的铃铛，或者独自哼起一首欢快的歌。

"去赶集自行车是空的，买好东西就是重车了。一般七点钟往城里赶，再行二十多里路，差不多十点钟到农贸市场开卖。一路上最好是顺利的，如果自行车断了链子或车轮胎破了，就不能按时到达，迟到会影响销售，弄不好今天的东西卖不出去，还得带回来。最怕是半路上车子出了毛病，否则推着走，很费劲很费劲，碰到下雨或是上坡，那就更难了。有时急得唉声叹气，但必须坚持。

"比下雨更难的是天寒地冻，路面结着一层薄冰，车轮压上去吱吱发响，生硬湿滑，一不小心会摔倒；寒风刺骨，脚、手和耳朵冻得生疼。但这相比以前抬土、抬石头要好一些，相比旧社会冻死人、饿死人的情况要好得太多太多了。"

"那么辛苦，你都吃什么？"丁总问。

戴总说：“挣点钱真难啊，舍不得吃好的，基本上就是买烧饼充饥，又便宜又节约时间，可以一边走一边吃。哎，不想提了，回想起来有点心酸。还是说说高兴的事吧。这一年，我找到了生命的伴侣。她勤劳善良，心直口快，最重要的是她的笑靥和她的观点，对我的人生起到了决定性影响。

“结婚后，她提了两个很重要的建议：一是让我不要再买菜卖菜了，这个玩意儿不适合我干，还是多看看书，学点文化做点像样的事。二是让我明年去南京和弟弟一块干，应该能闯出一条新路。她说得有道理，还比较有前瞻性。经过和父母及弟弟商量，就这么决定了。于是，我廉价卖掉了所有做生意的家伙，安排好马宝强的事情，与好友们逐个道别。最难舍难分的是南通巷8号的两位老人，我在此住了这么多年，相处得像一家人一样。临别时，奶奶攥着我的手，泪流满面地说：‘真舍不得你走啊，以后有空来看看。你去别的地方，只要记住我一句话：善有善报。’”

“这是你人生的重大转折吗？”陈记者问，“到南京开始做什么呢？”陈记者掐着手指在算时间，“那时你三十岁，差不多是1995年吧？”

戴为明说：“是的，是重大转折。古人说，三十而立，四十而不惑，五十而知天命。我三十岁了再不立事就愧对人生了。面对新的起点，我下定决心要混出个名堂。

“到了南京，我在一处建筑工地做起了钢筋工，钢筋工就是整天与钢筋打交道的工人。钢筋是一幢建筑物的内在筋骨，在工程施工中占有重要地位。而钢筋工在很多时候属于技术活，在班组中分普工和技工两类。我初来乍到自然是普工，所干的活主要包括卸钢筋、切断、成型、绑扎。

“我解释一下。卸钢筋是从送货的大卡车上把钢筋卸下来，分解后运到工地现场。怎么运？两个人用肩膀扛，钢筋每根长度十米左右，一次扛一小捆，重量几十斤到上百斤不等。几车钢筋卸完运完，我的肩膀全红肿起来。所谓的切断和成型，是把钢筋从料场上，两个人用手搬抬到机器上，按设计图纸上的长度进行切割分类，或进行弯曲处理。钢筋表面带有螺纹，用手抓钢筋你想想多伤皮啊，戴手套也照样磨手，毕竟是肌肉与螺纹钢的关系。从早上六点上班到晚上，一天干活十多个小时，有的工人直喊腰疼、手疼、腿吃不消，但我不觉得累，相比以前，全在承受范围之内。

“班长王国民个头小，脸却长得大，眼睛整天盯着工人，谁去解个手，他都要留意多长时间返岗。虽说他长得并不高大，但他说话声可大了，在五层楼上催工，下面绝对听得见。他看我状态很好，能吃苦耐劳，便经常安排我晚上加班拉钢筋。把直径6或8厘米的圆钢牵在调直机上拉直、延长。吃过晚饭到夜里十二点，可以拉120根钢筋。怎么拉？就是把圆盘上的钢筋放在转轮上，固定在锚具上，再拽着钢筋跑到对面的锚具上卡住，开动机器，滚动起来使钢筋变直变长。每一躺行程大概一百米，往返约两百米。需要注意的是，经常碰到钢筋被拉断，啪的一声打在自己的腿上或身上，疼得要命。但只要不是打在脸上或眼睛上就好，受点伤挨点痛这算不了什么。

“加班干活我不怕，只可惜晚上不能看书了。自从我买了一本厚厚的《钢筋工手册》之后，天天都想看，兴趣盎然，百看不厌，感觉找到了新的方向。这叫干一行爱一行、学一行。我一边看一边做笔记，把重点都记下来。不到半年，我对钢筋的性能、结构的原理和施工的规范，都有了较深的了解，理论结合实践，我快成为一名师傅了，技工是许多钢筋工向往的目标。

“钢筋工程是建筑施工中的一个单项工程，它的下一步工序是混凝土工程。钢筋绑扎到位，经工程监理验收合格便可浇筑混凝土。浇筑时，需要钢筋工配合调筋、补扎、加垫块等工作。我是经常陪瓦工打混凝土加班的，基本上都是夜晚。有一次连续作业三个昼夜没有睡觉，困得难受。中途若有停歇，我躺在钢筋上就打盹了，听到混凝土泵送的嘭嘭声又爬起来。这些都没关系，我完全可以坚持。在穷的只剩下梦想的时候，我一定要比别人更加努力。

“半年后，一本杂志让我的思想发生了变化。钢筋工的技工不是我向往的目标了，我追求的目标是工程现场的管理人员。从工程监理角度，想当个专业监理工程师，或者监理员；从施工单位角度，想当个技术员、施工员或者工长什么的，当然最好是当一个项目经理。”

“唔！想得挺多啊，除了杂志，还有什么启发了你？”陈记者问。

戴为明说："在工地待了半年，对现场的情况了解得比较全面，钢筋工班组只是施工单位下面的一个工种，相比土建、装饰、智能化和水电安装，知识面还是很小的。再说了，钢筋工属于操作层面，就算当了技工，能发挥的作用是技术层面，很难实现整体管理的可能性。每每看到那些管理干部一呼百应的情景时，联想到自己十八岁当队长的经历，我不禁在想，他们能做到的，我为什么做不到？为什么？原因是专业知识不够，没有管理技能。那怎么办？

"我在报纸上找到了一个机会，参加南京建筑职工大学开办的施工员培训班。交了680块钱，领了11本培训教材。譬如《建筑工程识图》《施工测量》《建筑材料》《建筑结构》《施工管理技术》《工程质量管理》等等。渴望学习的我，如获至宝，欣喜不已。

"班长王国民不屑一顾地说：'你学那东西没什么用的，不如好好把活儿干好，多挣点钱。再说了，我看你也不是那一块料，学不会的。'我反复与他商量，恳求他支持，他最后还是同意了我的请求，不安排我晚上加班，允许我去夜校参加培训。打那以后，王班长总是用异样的目光看我，也许他认为，我是个不务正业的坏小子。

"宁愿不吃饭，我也要按时赶到夜校参加培训。当我再次坐到课堂上，抚摸那结实牢固的课桌时，在初中上学的时候都没有这么好的待遇。心中有说不出的感慨，我又回到课堂学习了！这是做梦也没有想到的。如此机会，我必须加倍珍惜，刻苦努力，决心用知识来改变命运。

“谁也想不到，老师上的第一节课，居然是教我们如何削铅笔。看了才知道，这和小学一年级削铅笔完全不一样，这铅笔是绘制工程图纸用的。老师说，要想看懂工程图纸，首先要从学画图开始。这是全新的领域，对我来讲充满了新鲜和期待。

“白天干活，晚上学习，凌晨早起温习功课，你们说我忙不忙？没有一点空隙的时间，但我的心中却充满着阳光和信心。工棚里的床位分为两层，我和工友商量调到上铺，睡在上面对学习有利，夜里或早起看书不会打扰其他工友，除了呼吸和翻书的声音，灯光下是静悄悄的。遇到下大雨或其他原因工地停工，别的工友在打牌、喝酒、逛街或者看电视，而我除了看书还是看书。我已经钻到书本里去了，出不来，每本书都像磁铁一样紧紧地吸引着我，仿佛它在与我对话，大口大口地给我灌输新的知识，注入新的能量。”

“那时，三弟在晓庄构件厂承包工程，主体砌筑和粉刷工程都由他包下来了，后面有了上百名工人。三弟和我不一样，他没我这么苦，整天穿得干干净净，安排完施工，背着手检查工效就可以了，挣的钱比我多。不过，我不仅是在挣钱，而且是在挣前途。”

“戴总你后来毕业了吗？”陈记者问道，“下一步又有什么打算？”

“不是毕业，”戴为明纠正说，“是结业。我的成绩是优异的，半年后拿到了红通通的结业证书。在那个年代，这样的证书是有含金量的，被认为是建筑行业从业证书，类似于《上岗证》。就这样的证书，很多在职的施工员手上还没有，所以主管部门来检查，对施工管理人员无证上岗，提出整改甚至要求停工是常有的事。我庆幸的不光是取得了证书，主要是收获了实实在在的专业技术知识和管理知识。

“那天晚上，我喝了许多酒以示庆贺。看着证书上的每个字和职业大学的印章，我感到无比喜悦，心里升起了莫大的希望。酒后我做了两件事：拿出笔记本，在扉页上用绘图笔画了一个建筑工地用的塔吊，很高很高，塔吊上面画了一个半轮的月亮，然后在塔吊的垂臂顶端画上一个矮小人，九天揽月，这矮小人就是我。画好以后我走到南大校园的台阶上坐下来，一个人静静地吸烟、思考，一直到深夜。看着满天繁星，哪一颗是我？都不是，望着远处的街灯，我又是哪一个？没人知道。轻风拂面，心潮翻滚，我想了很多很多，未来的路在哪里，怎么走才能达到新的高度，望着天上的月亮，脑海中充满了迷惘。

“自己的路自己走，无论是苦是累还是失败都要去承担，只要是自己的选择就无怨无悔。

“第二年到南京，虽然我还在工地上做钢筋工，但是我的心已经飞出了工地围墙。每天的报纸我都买，重点看上面的招聘信息。不论是招聘施工员、技术员还是监理员，我都要投一份简历。只可惜我的应聘资料太简单了，简历上没有什么有价值的工作经验，最有说服力的，唯有身份证和施工员结业证书的复印件。

“不料，在一个星期三的下午，我的拷机（BP机）突然响了，立马跑到电话亭回电话，是一家监理公司叫我去面试，时间是明天上午九点，地点在公司总部二楼。我非常高兴，也非常紧张，毕竟我是一名钢筋工，要面对正规的管理型企业，跨度有点大，不知道领导能否看上我。

“当天晚上，我用了差不多一个小时的时间，把手上和脸上的斑斑锈迹洗干净，出去理了一下头发，向弟弟借了一套像样的衣服。

“有生以来第一次参加面试，我的心情激动而又紧张。这一天我起得很早，在考虑可能问到的问题。然后穿上不太合身的衣服，把头发梳得一点也不乱，夹上公文包，信心满满地出发了。

“前台的工作人员讲：‘你面试在二楼201室，我们总经理还没到。’这让我又增加了紧张的情绪，没想到还是总经理亲自面试。换位思考，总经理会考什么问题，如果超过施工员的培训范围，那就完了。九点一刻，总经理到了，高个子，身材很挺拔，一看就是干部身份。女青年介绍说：‘这是我们蒋总。’我笑着向他问好，紧接着按照事先准备好的思路作了自我介绍。听完之后蒋总开始提问了，还好，他问的三个问题都在我学的内容里，其中有两个是关于钢筋施工规范的，这个我对答如流。他不知道，咱干的就是钢筋工。面试很顺利，蒋总当场就表示录用我了，他写了一个纸条给我，上面有上班的时间、地点和联系方式。转身下楼，我心花怒放，浑身的热血在沸腾。

“我庆幸能到这样知名的大企业上班，虽然只是个监理员，但也属于工程管理人员。买了一个崭新的笔记本，换上崭新的衣服和皮鞋，带着崭新的希望，开始了新的工作。

“上班的地点在新街口工人大厦建筑工地。到了监理部办公室，胡总监安排我坐在中间的位子上，并向我介绍了在座的七位同事。第一次坐在独立的办公桌旁边，我有点不自然，这从天而降的岗位如同一场考验，让我诚惶诚恐。更让我不安的是，那天蒋总在面试的最后说，试用期三个月。

“工人大厦这个工程总高度26层，加上4层裙楼总面积9万平方米，地下两层。同事老黄工跟我说：‘这是一个复杂的超高层项目，技术含量非常高，对监理人员的要求也很高，你能派到这个项目工作，那是公司的信任，之前你这个岗位换过两个人了。现在正在搞主体结构，钢筋的规范你懂不懂？’我心里窃喜，嘴上有所保留，我说钢筋工程以前管过。在很多人看来，正规的大学毕业生，没有三年五年的现场经历，对钢筋工程是一知半解的。‘你不用担心，’我对老黄工说。

“老黄工五十多岁了，瘦高个儿，整天笑哈哈的。当天下午，老黄工领我到裙楼地下室验收钢筋，我觉得表现的机会来了。到了现场，我对地下剪力墙的钢筋间距、搭接长度、锚固长度、绑扎方式和焊接饱满度等施工质量，都一一指出了优点和不足。施工单位的质检员吓得不停地擦汗，他想不到我这个监理员对钢筋工程如此的了解。香烟一支接着一支地递过来，老黄工一支不漏地夹在手中，脸上笑得像个孩子一样。

“当工程监理不仅要熟悉施工规范和规程，而且要熟悉施工图纸。一个月以后，我把施工图纸中的梁、板、柱、墙各种钢筋设计都记住了。有一天验收十七层楼面钢筋，我发现13轴上的框架梁下层钢筋比设计直径小3毫米。这是一般人难以发现的。我对质检员说，按照设计图纸，这条梁高度1.2米，宽0.6米，上层钢筋是六根直径22的，下层钢筋是两根25四根22的，而你现在用的全是22的钢筋。不管你是弄错了还是故意偷工减料，这涉及结构安全，我要求返工。返工意味着把一大片绑扎好的楼板筋拆掉，取出下沉梁的钢筋笼拆开，把两根主筋换掉再重新组装绑扎后放下去，工程量相当大，损失也不小。有人来说情，甚至要送我一块手表，我说不行，东西不能收，返工是必须的。

“这件事引起了一场矛盾，久久不能平息。施工方在背后找到我们总监和甲方相关负责人，希望把我调离。他们的理由是戴工要求过严，影响工程进度。为此，我们监理部内部的意见不统一，而甲方，指建设单位或者说投资单位，他们的意见也不统一。最后惊动了高层领导，包括甲方的一把手和我们监理公司的蒋总。”

“然后呢？”陈记者听得津津有味，她问。

“后来啊，”戴为明说，“幸亏甲方的一把手打电话给我们蒋总，他说戴工这个人不能调走，这个人很负责任，而且很专业，以后的结构工程都需要他签字认可，否则不支付工程款。

“局面非常尴尬。也许是平衡矛盾，我没有被调走，但总监让我以上夜班为主，周末也可以值班。大家心里透亮，晚上和周末通常是很少验收钢筋工程的。出了这么大的事情，也引起我深刻的思考，看来，工作也是不好干的。

“说来也巧，三弟接了一个新项目的分项工程，这个项目的施工单位没有人持有施工员上岗证，于是找到了我，要我兼任施工员，负责项目施工的测量、定位、放线等工作。这样一来，我白天兼职施工员，晚上和周末当监理，拿着两份工资。

“想一想多么惊险，如果不是甲方领导执意挽留，也许我就被解聘了或者是调走了。而这件事给我的思考长达半年之久。最后我总结了三点。第一，我的做法是正确的，坚持原则是管理的主流；第二，从侧面反映了当今工程管理中存在的腐败问题，有些人被金钱和权力所左右；第三，要树立崇高的理想，追求正义的管理，最好是做甲方，做甲方容易实现自己的管理主张。于是，当甲方领导成了我新的努力方向。

“有了新的方向，必须创造条件。首先要拓展自己的知识面。当前学习的条件是有的，在监理岗位上，既可以学到工程监理的各种思想、理论和方法，也可以学习到甲方和施工方的管理方法和职能要素。这三个主体单位的管理模式，相同之处在哪里，不同之处在哪里，各有什么特点，都可以加以分析和研究。另一方面，要强化理论学习和系统化学习。花了800块钱，我参加了工业大学开展的监理工程师培训班。因为距离新华书店很近，我常在空闲时溜进去，查看项目管理方面的书籍。有关项目管理的书实在不少，买多了需要花钱舍不得，去书店偷看更能记得住。当然也买过几本。”

讲到这里，戴为明说，“暂停一下好吧，我们喝点水，站起来活动一下。”陈记者、丁导和小田三位正听得入神。

休息了一会，戴为明接着说，“包括上次，我在南京共参加了两次培训班学习。不仅是有了证，而且是真正学到了知识，掌握了工程管理的基本方法。在两次培训中，我还有幸认识了戴加兵和陈良贵等学友，他们成了我终身的好朋友，对我在南京的成长和发展起到了积极的作用。

“前面我说了，在两个单位上班，虽然有点辛苦，但是过得很充实。只要施工需要，我和技术员天一亮便到了工地现场，把施工楼面的标高和轴线确定好了，弹线到位，做好指导性标识，然后再去工程监理部上班。但不论上哪个班，我都尽量做到第一个到岗 ，最后一个离岗。要问来这么早干吗？告诉你们啊，我打扫卫生，清理垃圾，烧水抹桌子，什么事都干，多余的时间看看书、写写工作日记。

“监理部的同事看我不仅工作认真负责，而且爱岗敬业，到了年底将我评了个先进工作者。看来这一年的辛苦没有白费，这个荣誉证书比什么都有说服力，它是许多人梦寐以求的。

“新年新希望，新年新追求。去年干了监理员和施工员，积累了一些工作经验和管理技能，今年要朝着新的方向奋斗前进。按照报纸上的招聘广告，我接连投了二十多份简历，结果只接到了一个电话反馈，说：‘戴先生你好！你的简历我们收到了，查看了你的资料，发现没有学历证书，是漏了吧，请你把学历证书复印件补一下好吗？’一个甜美的女性声音。‘不是漏了，我确实没有学历证书，’我如实回答。对方电话挂掉了。

“此时我突然意识到一个重大问题，没有大学文凭想当甲方管理人员是不太可能的，也许学历问题成了前进路上的最大障碍。”

“那就继续做监理员和施工员不也挺好吗？有两份工资也不错啊是不是？”陈记者笑着说了一句。

“不！”戴为明说，“确定了目标不能轻易放弃，不到黄河心不死啊。我继续买报纸，查招聘，投简历。对了忘了介绍，我把简历重新做了一下，形式上写的特别整齐美观，内容上将个人特长和管理优势描写得淋漓尽致：有较强的专业技术和项目管理能力，有丰富的工程现场管理经验，有很强的工作责任心和敬业精神；勤奋好学认真负责，能圆满完成领导交办的工作任务，等等。附件主要有施工管理员、监理工程师、荣誉证书和工人大厦效果图等复印件，虽然没有学历，也充分说明我的实际工作能力是完全可以胜任的。

“几十份简历投出去都石沉大海，半年过去了没有找到新的工作，但是我依然坚持不放弃。

“六月中旬的一天，我腰挎的摩托罗拉寻呼机嘀嘀嘀响起来，我迫不及待地找到电话亭回电，原来这是一个喜讯，苏宁房地产开发公司通知我去面试。说实话，我有点蒙，投了几十份简历出去，此时我记不清这是哪一天投的，投的是什么岗位，是工程管理员？是现场技术员？还是项目主管？但也不要紧，我在家里模拟了各种岗位的工作职责，有技术方面的，有管理方面的，有现场实战的，也有项目运作程序方面的，做好了各种准备。

“说是在家里，其实是在租的房子里。自从到了监理公司上班之后，我便在水厂路的居民区租了一间民房，十多个平方米的砖墙瓦顶，床、桌子、板凳都是二手市场买来的。这个家可以满足吃饭、睡觉和看书学习的基本功能。

“着装形象很重要，言谈举止很重要，第一印象很重要，这些都是书上告诉我的。这一次面试和上次不一样，对方不是一个人，更不是一把手，而是六个人坐在了一排。来面试的人有一百多位，美女帅哥个个精神抖擞、容光焕发。一打听才知道，这一次招聘有十几个岗位。面试是流水式的，第一步检查求职登记表与附件资料是否吻合；第二步查看身份证和证书原件，照片是不是本人；第三步才是真正的面试官提问。两位大将风度的面试官问了我四个问题，基本上都是与项目开发和工程管理有关的内容。其中有三个问题在我预知的范围之内，但有一个问题出乎意外，他问我一个开发项目的五证指什么？不知道但不是无语，我说各个开发项目的性质不同，所办理的证不一样，比如说住宅和商业项目，要求的手续是不同的，就这样搪塞过去了。面试结束，我感觉整体上还可以。”

“这回可以到开发公司上班了。”陈记者说。

“不，还有复试，复试合格才会通知上班。”戴为明喝了一口茶，在座位上挪动了一下。

“戴总，如果你到开发公司上班，这是跨越式发展哟？”陈记者面带笑容，抬起手掳了一下短发。

戴为明说，“也算是吧。后来，由于精心准备，第二次复试我也通过了。”

“接到录用通知我喜出望外。来南京不到三年时间，我从一个普通的钢筋工到工程监理员，现在又发展到房地产开发公司管理人员，这速度也许就是陈记者你说的跨越式发展。

“白天办完离职手续，做好监理工作交接，晚上我在监理部上了一个通宵的班，我想或许这是作为监理员上的最后一个夜班了。这一夜，我怀着激动的心情写了二十多页的工作总结，把之前的技术和管理经验以及体会心得，都写在我的本子上。快到天亮的时候，我又看了一会昨天老黄工送给我的书，真不错，这是一本催人奋进的书，很难得。

“上班第一天，先是办理入职手续，接着到会议室开会。主席台上坐着董事长和常务副总裁等几位领导，下面坐着包括我在内的四十多位新员工。陆总把企业的发展历程、经营现状和未来发展的前景，都说了一遍。下面鸦雀无声，聚精会神地倾听着。我才知道，这回又进了一个大型企业，而且是名气很高的房地产开发企业，到这样管理正规的企业工作，确实很荣幸。

“但是问题来了，我是没有正规学历的，会不会有人以为我是混进来的？虽然表面上看不出来，时间长了说不定就出问题。要是看我的谈吐举止、着装礼仪，还有我写的字，跟大学毕业的没什么区别，甚至更像上过大学的高材生。

“有人说，机会是留给时刻有准备的人。我想换种说法：对于时刻有准备的人来说，机会来了是挡不住的。

“上班的第二天，张总给工程管理部开了一个早会，把近期的工作做了安排。到了下午，张总带我们工程部的四位新员工到军人俱乐部测量房屋，他说这房子要拆迁了，这块地我们公司买下来了，现在测一下占地面积便于计算补偿。大家到场一看，大大小小共七幢小洋房，有二层的，三层的，局部四层的，而且房子的位置相互错开，房型奇形怪状。这样的建筑不好测量，太不规整了。张总现场问我们，谁测量、谁画图啊？三位都说拿卷尺测量，没有人主动说画图。张总说：‘小吴你是科班出身，又是名校毕业的，你画图。’小吴说：‘这种房子的图没画过，让我设计房子可以，叫我把这老房子的图画出来还真不会。’‘那怎么办？小戴你来吧！’张总移步指着我，‘来，就你画图，他们测量报数。’此时我离张总的距离最远，中间隔着一位同事。

“这事上午开会张总提过，我怕第一项工作丢人现眼，中午休息时我骑车来看过了，有了思想准备。我想过怎么画图，怎么把实物投影到纸上。想起前年老师第一堂课就教我们画图，真有用啊！见我画得又快又好，张总和几个同事对我刮目相看，不知道他们在嘀咕什么，也许说我这个专业人士才是货真价实的。

“这件事给我带来了极大的利好。三天后，张总找我谈话，说下一步把凤凰东街的一个开发项目交给我管，有十二幢建筑，从头开始。

“我说：‘张总你没搞错吧？我应聘的岗位是普通的工程管理人员。’他听了似乎不太高兴，把眼镜摘下来，用坚定的神情对我说：‘没搞错！我看你能行。去了就是项目负责人，岗位提到副经理，工资调整，给你配五个人，明天就去开展工作。’

“我到了项目上，五个部下已经在等我了，我们走到租好的二层楼上开始工作。二楼是大小不等的四室一卫，合计不足两百平方米，地面和墙角还散落着一些杂物。我说第一件事是不是把办公室打扫干净，再看办公室怎么布置，需要购置哪些办公用品，墙上是不是需要张贴一些管理方面的企业文化？正在和几个同事商量，来了一个人，他自我介绍是做土石方工程的，姓郑，也是这儿的拆迁户。听到我们在谈办公室布置的事情，他立马接过去了，说：‘戴经理你刚才讲的事我全包了，桌子、椅子、水壶、水瓶等办公用品我一起给你买好送过来。’我说：‘不要不要，我们开发公司会统一采购的，你看我们不是正在列物品清单吗？’

“下午，郑老板又来了。他把大哥大手机递到我手上，对我说，你的领导跟你讲话。我一听是张总，他说：‘你要采购的物品，这个姓郑的老板一定要提供，你就让他提供吧。’我说这感觉不太好吧？’张总说，‘你照收不误，反正是我们公司用，又不是送给你个人，怕什么？’电话挂断了。这是第一次用过大哥大，我仔细端详了一下，我的天好沉啊，这玩意没有外线怎么通话的呢？一年前，我在新街口看到这种大哥大售价两万多元，当时我想，恐怕这一生也买不起这东西了。

“办公室安顿好了，我们几个人可以坐下来喝茶交流了。不问不知道，一问吓一跳，这五位新老员工，一位硕士，三位本科，一位专科。只有我无学历，即便有学历也是小学的学历，初中没毕业，甭提了。其他四位不好意思问，唯有五十多岁的赵工问了我哪个学校的，我早有思想准备，巧妙回答说，‘其实学历不如能力，能力比学历重要。’然后都一笑了之。

“这时候，我进一步意识到学历问题的重要性，要想行稳致远，必须要解决这个大问题。于是我常常在思考，在寻找解决问题的途径。不久我就有了结论，通过反复比较和揣摩，确定了最佳的途径是参加成人高考，然后毕业便有了学历证书，这是国家承认的。

“都知道，考专科的起点是高中。我问了，没有高中毕业证书，有高中学校的证明也是可以报考的。证明可以请人帮助开一个，关键问题是高中的课程我一天也没有学过呢。前面讲过了，我初三没毕业就出去打工了。怎么办？

“我暗下决心：学，苦学，只要学不死，就往死里学！”

陈记者说：“你下午讲得太快了，这个过程请戴总慢点讲好不好，对观众有教育意义。”

“好的，”戴为明说，“平台的作用是不容忽视的。我报名参加了3+2成人高考培训班。3是指国家统考的语文、高数和英语，2是所报考专业的两门专业课。两门专业课是省级考试，相对宽松一些。但国家统考中的英语，我的基础几乎为零，老师说可以换成政治。培训期半年，明年五月份考试。

“我的语文是有基础的，虽然没上过高中，但是早前我自学过，甚至字典词典都逐页看过；政治可以死记硬背；问题就是高等数学了。书上的东西我看不懂，要复习还得从初中开始，幸亏同学戴加兵把初中三年的数学书全套借给了我。这门课我以前就没学好，也不喜欢，但现在没办法，只能发扬蚂蚁啃骨头的精神了。

“买了一盏台灯、一大把圆珠笔、几个笔记本，工作之余除了参加培训，我便一门心思地投入到自学中，从头学起，孜孜不倦。初中的数学我有点印象，顺藤摸瓜不至于一点不懂。

但毕竟十几年时间了，大部分都忘了。不懂的地方我会做上记号，等到培训的时候请教同学或老师。

“南京这座城市真的很漂亮，尤其到了晚上，华灯初上，亮丽无比。高层建筑拔地而起，宏大的楼宇一年比一年多，大厦林立，人流穿梭，车水马龙，彰显都市的繁华。但我顾不上欣赏这些美景，我骑着自行车拼命地赶路，一个劲地冲到学校，甚至自行车没停稳就直奔教室。从下班的地方到学校大约五公里，我都是听完课再去买点吃的。

“工作第一，学习为首。首先把工作干好，才能安心看书。作为项目负责人，我管理的重点是工程计划、组织协调、进度和质量，对上，我认真贯彻落实总公司的决策部署和要求，对下，整合资源形成合力推进项目进展。我对同事很友善，对施工单位很严格，严是爱，松是害，工程施工不能出现安全或质量问题。

“繁忙的工作和繁重的学习交织在一起，我感觉最缺的是时间。每天早上五点起床看书，晚上到十二点睡觉。有人说我是工作狂，其实他们不知道，我还是学习狂。那些日子苦中有乐，苦中有收获。

“为了充分利用时间，我把书上的知识用小录音机录下来，在上下班的路上聆听，这样很大程度上提高了学习效率。坐公交车也是一样，知识随身带，知识随身听。我坚信，知识可以改变命运，学习可以决定未来。”

“哎戴总，你成人高考通过了吗？”陈记者急着想知道结果。

“不一定吧。”丁导插了一句。

“我看也不一定，主要是高数差距太大。”小田也说话了。三个人都在担心。

戴总笑了笑，郑重其事地说：“过不过你们看看我的学习资料和课本就知道了。先说高等数学吧，书本已经变厚了差不多两倍，书边全部起毛了。打开书，里面全是点点画画的字号和备注。草稿纸用了几百张。政治书也是一样，似乎小了一圈，书里每一页都有红、蓝、黑不同颜色的记号。为了让政治多拿分数，光是学习笔记就写了几大本，这里都是重点，基本上可以背掉的。再说语文，你随便讲书本上的哪一句话，我都知道是哪一篇的内容，里面的诗词和文言文不论篇幅长与短，我全部熟背。考虑到语文也要拿高分，而语文中的作文是得分的关键，为此我写了一百篇作文，一方面练习写作，另一方面想押题。

“做好了一切准备，终于到了考试这一天。看到警察、警车、救护车、警戒线这些情景，我感到成人高考也是那么神圣和庄严。

“我有些紧张。心脏怦怦地像要跳出来似的，一点不听话。

“拿到语文试卷，我前后浏览了一下。我的手在颤抖，尤其是看到作文的题目时，我紧张到了极点，这题目太陌生了，我事先写了一百篇作文，居然一个没对上。两只手愈加颤抖，已经没有办法拿笔做题了。

“一位女监考老师发现了我的异常，她走过来直接问我，要不要叫救护车？我摇头说不要，有点紧张。她说你紧张什么，不要紧张，好好考吧！我设法镇定下来，从地上拿起矿泉水，一口气喝了一半下去。此时，我在心里顽强地告诫自己：要坚强，要战胜自我，不能放弃。

“默念了几遍，加上矿泉水的作用，我感觉紧张的情绪慢慢地平静下来。大约五分钟之后，我的手可以执笔了。原本打算先写作文的，这会儿状态不好，写出来的字肯定不好看。于是我临时改变主意，先做题，最后写作文。

“我全力以赴完成了成人高考的考试，有一种仿佛完成了什么大事的轻松。那种感觉，是任何时候都无法比拟的。

“一个月之后，成绩出来了，依据分数线，我被录取了。

“如同获得新生一样兴奋，身心激荡着澎湃的热情。虽然身体瘦了十多斤，但觉走路更加有力。父母和弟弟听说我考上了大学，都十分高兴。在我们家族中，这是一个创举，更是一个奇迹。讲实话，我们家祖祖辈辈还没有人考上过大学。

“那时的心情特别好，我感到南京的天空格外的高远，城市格外的秀丽，连马路都显得格外的通畅。我对未来增添了无限的信心和希望，自强不息，天道酬勤，当然，也要感激曾经给我帮助和支持的同学和老师们。”

陈记者：“请戴总再说说项目管理上的事吧，怎么样？工作还顺利吧？”

“是的，还算顺利，”戴为明回答，就是进度比原计划慢了一些。前一段时间因为自学备考，工地上管理有点疏漏，出现了总包和分包交叉施工的矛盾。我立即组织相关单位召开专题会，一个一个事情全部达成共识，理顺了矛盾和纠纷。

“为了把失去的工期抢回来，我带着几个同事天天晚上到施工现场督促施工队加班，检查人员、材料、机具等情况，甚至手把手地带着施工方的管理人员编排施工计划，事无巨细，一丝不苟，有效地推进并加快了施工进度。

“当甲方，你会感觉到真的不一样，找你求你的人很多很多。有施工单位的，有分包工程的，有材料供应商，也有社会各界的形形色色的人。几乎天天有人请吃饭，有人甚至把寻呼台的女话务员骗出来陪你喝酒。也难怪，随着大哥大的不断普及和价格下降，从早前的两万多降到了万把块，甚至几千块钱都能买到了，今年寻呼台已有一半以上企业关闭，越来越多的坐台小姐失业了，也有的面临下岗，她们愿意出来，自然是为了寻找新的工作机会。

“我没有时间去吃饭，更没有时间喝酒娱乐，晚上的时间对我来说非常宝贵。大学夜校已经开学了，共计十七门专业课，几乎把每天晚上和周末时间安排得满满的，业余大学就是这样。看我做事认真有点号召力，班主任叫我当班长，这无形中又增加了一些事务，起码要起到带头模范的作用。听课的感觉真好，虽然我的年龄有点大了，但还是可以和同学们打成一片的。我们大专班的同学多数都在班，也都是有工作经验的，通过互相交流，我的工作能力和管理水平提高很快。

“公司认为我表现出色，特别是副总裁张总特别欣赏我的敬业精神。到年底，我由副经理晋升为正经理，工资再次上调，还发了不少奖金。我想慰劳一下自己，买了一部诺基亚手持电话，比大哥大要小很多，可以装进上衣口袋的那一种。觉得很新奇。手机刚买的那一段时间，天天希望有人打电话进来，铃声一响，掏出手机拔出天线，那感觉就仿佛天外来客的喜悦。

“那些岁月里，虽然忙得不可开交，但我从不丢弃自己的爱好：音乐和健身。听音乐可以陶冶情操，增加情商，情商的应用价值有时候高于智商。而健身是维持自己始终有着旺盛的体力和精力，培训老师讲过，精力就是生存的权力。

“但我不是为了权力，我的追求是为了人生价值的最大化，我要向世人证明我是优秀的，我想成为精英。当然了，当前的项目经理算不上精英。”戴为明说，“肯定算不上的，但是我可以再努力再创造啊是不是？”

“那年那月的那一天，我在桌子上铺开了一张大纸，A3的，手握一支绘图笔，开始认真详细地做起了职业规划设计。大的目标有两个，一个是高级职业经理人，一个是企业家。俗话说，想做一名高级的打工者，又想尝试当老板是个什么滋味。具体地讲，作为职业经理人，我的理想是做到房地产开发公司的总经理，一人之下，多人之上，年薪百万的那一种。做企业家，首先要成立一个公司，有独立的法人和经营场所、经营范围和在职人员。可以从小做起，哪怕是一年的经营收入只有几十万元，再到几百万元，再到几千万元，最后到几个亿甚至更多。从小到大，从弱到强，从无到有，从无名到知名。

“眼下这两个目标都有点大，要实现很不容易。那么要具备什么样的条件呢？我在空白的纸上开始设计。开发公司总经理属于高管，专科学历当然偏低了，至少要本科学历。目前的项目管理经验是不够的，总经理是复合型人才，对开发流程、造价管理、行政管理、技术管理、工程和财务管理以及团队建设与管理等，都要有全面的了解，这属于经营管理的职能；与外部关系的协调，尤其是政府各部门的沟通交流很重要，要懂得官场语言，要善用商务礼仪；最重要的是高级管理人员需要较高的政治思想素质，品行品德要好，有德才能行天下，无品无德寸步难行。此外，除了学历证书，还要有职称证书和执业资格证书，熟悉现代化办公软件，会操作电脑这就不用多说了。

“成立公司不一样。首先要选择自己熟悉并且有市场潜力的行业，确定可以持续发展的经营范围，建立公司框架和经营宗旨，还有发展理念与企业文化，以及各种管理制度、流程、考核等一系列条件。搞企业第一要有人才支撑，你们看“企”怎么写的，上面没有人，下面就停止了。第二要有资源，并且要善用资源，业务资源是最重要的。第三要懂得经营，会算账，会平衡财务。但经营也不一定是一下子要去挣很多钱，有时挣的是人心，有时挣的是口碑，有时挣的是影响力，也有时挣的是社会效益。从长远发展来看，铺垫经营十分重要，厚积才能薄发，行稳才能致远。”

陈记者说：“看来那时候你的心还真蛮大的，当时有没有想过实现的可能性有多大呢？”

丁导说：“心有多大舞台就有多大，有了心动才有行动。戴总的目标肯定能实现，如果没实现我们今天就不来采访了对不对？”

戴为明说：“目标需要分步实施。经过两年多的奋战，凤凰东街项目终于顺利交付了。由于我们齐心协力，齐抓共管，项目实现了工期、质量和投资的三大目标。看着十二幢楼房巍然屹立，看着摇曳生姿的景观园艺，看着谈笑风生的小区居民，我由衷产生了一种成就感和自豪感。然而，我想离开了，不仅是离开项目，而且是离开公司。我想当一个像张总一样的公司副总，这是我的职业规划所决定的。

“我的专科学习已经进入实习期阶段。

“人生之路退步容易进步难，想要大的进步又谈何容易？我必须把简历和资料做的非常精美，版面十分整洁美观。估计别人的简历和资料很难与我相比。对房地产开发公司副总经理这个职位，我描述得全面而又准确。简历有两页纸，以显示出分量。基本信息、工作经历、工作业绩和个人特长，都呈现得非常到位。最担心的是错别字、病句和标点符号错误。但唯有学历，写着大学在读。唉！就是这个看上去有些掉价。附件资料比以前做得更好，证书复印件加工作业绩证明材料，有依有据，图文并茂。目的是让招聘方看了有特殊印象，会认为此人一定是实干家，是难得的优秀人才。

“我设计了一个简约大方的简历封面，每份八张纸，不多不少，整整打印一百份装订好，按照报纸上的招聘广告和人才市场的招聘要求陆续投递出去。才发出去三十多份的时候，就有单位联系我了。我去面试一看，小公司，不正规，把他回掉了。发出去五十份应聘资料的时候，我又接到了四家单位的面试通知。其中有一家公司的规模倒是不小，我看他公司的员工穿着多是奇装异服，讲话有点粗鲁，动作有点野蛮，不像是团队，像团伙。我心想这种开发公司不能去，工资再高也不能干。还有两家公司都是因为我的学历问题没有录用。其中一个行政部女经理说，我们领导认为你的条件总体上是不错的，如果在试用期之内能拿到学历证书，我们可以考虑你来上班。我说不行，三个月拿不到。这样的话，就剩下一家公司了，人事部的工作人员对我说，要公司总部的董事长复试后再确定。

“自1998年以来，随着住房实物分配制度的取消和按揭政策的实施，南京的房地产市场和房地产业进入了全面住宅商品化的时代，也进入了新的快速发展时期，市场转暖，对房地产管理人才的需求比较旺盛。虽然招人的单位比往年多，但是我感觉这段时间的房地产企业被我投得差不多了，企业多也不是所有的都在招人。

“按照约定的时间，我来到这家公司的总部，地点在新街口商贸区。很巧，这幢楼就是工人大厦，三年前我管过的工程。而现在的名字改了，叫景宏商务中心。室内的装饰时尚而且别致，崭新的办公家具散发着木质的清香味，透过窗棂一眼看去，远处那高高低低的楼宇在阳光的斜射下铮铮闪光，现代化的建筑群相互辉映，显得格外气派。在这么高档的办公大楼里坐下来，我的心情很不平静。

“我坐在姓陈的面试者对面，感觉忐忑不安，这是不是二选一的节奏，心里没底。过了十多分钟，架势像董事长的胖子带着两个干部模样的人进来了，其中一个说：‘这是我们董事长，来，请你们两个自我介绍一下。’那个姓陈的抢着先开口了。听他吹了快二十分钟的牛，我在旁边都觉得着急，话讲了不少，似乎没说到点子上，不过他的学历和职业资格证书确实过硬，相貌有伟人气质。而我的介绍很简洁，最后我着重讲了两点：一是我管过高层建筑，技术上可以处理各种复杂难题，你看这幢楼，当年就是我管过的，甲方只认可我在结构施工上签字，我抬起手指了指天花板；二是我从头到尾负责过一个大型小区的开发建设，商业和住宅都能管，没出过大问题，上面领导很满意。

“沉默。不一会，董事长转过身在和旁边的人窃窃私语。然后，董事长问：‘陈新红，你能喝多少酒？’‘半斤！’陈说。‘戴为明，你能喝多少酒？’‘一斤！’我坚定地说，话一出口我就后悔了，吹牛吹得太大了吧，我赶紧补充说：‘啤酒！’现场没有人笑，又是一阵沉默。董事长点了一支烟，若有所思地吸了几口，果断地说，陈新红到徐州，戴为明到扬州。说完起身走了。

“还有两位没有走，一位是常务副总裁姓唐，一位是行政人事部总监姓袁。唐总把下一步工作分别作了安排，要求我八月二十日到扬州，启动一个商住项目的开发前期工作。我说再给我两周时间，我要把手上的工作交接好，否则，对不起公司领导对我的培养和信任，这也是职业道德。

“再说那个陈新红。他后来和我成了好朋友，时常和我通电话，他说徐州地区喝酒太厉害了，被酒伤得不轻，现在有了三高，胃病严重。他到徐州的第三年，我带着一大叠的光盘去看他。这些光盘有企业管理、人事管理，还有道德经、管理与沟通和光华课程等上百个精彩培训，我想自己看过了送给他或许有用。陈新红很高兴收下了，晚上请我喝酒，还在讲那件事，他说戴为明你能喝一斤白酒，为什么要改口说成啤酒呢，当初你如果不说啤酒，老板肯定让你来徐州……说来也蹊跷，半年后，陈新红突然死了，死于酒后脑溢血。公司给了他补偿金一百万元，帮他的家属安排了工作。”

“偏题了偏题了哈哈！请戴总围绕自己的成功之路展开讲述，”陈记者笑着说，“到扬州是什么情况？”陈记者帮戴总倒了一点热水。

“好的。”戴为明说，“做完工作交接，我和相关人员一一道别，然后来到了扬州。和我同时到扬州的还有总部另外派来的两个人。这里的项目比较大，有19幢建筑，包括商业和住宅，名字叫怡华苑。土地刚刚摘牌，一切从零开始。招聘员工，规划方案报批，施工图设计，工程招投标，前期证照办理，这些大家都一块做。技术方面想找个总工程师，一直没有合适的。总部领导直接任命我为副总经理兼总工程师，工程管理和技术管理一把抓。

“扬州公司是总部旗下的一个子公司，独立法人，独立经营。公司包括我有两个副总，其中一个分管营销部、行政部和财务部，我分管工程部、预算部和开发部。半年后，公司总人数超过了30人，含营销人员有50多人。总经理不是房地产开发也不是工程管理专业，但人很好，对我们比较信任，很多事情就让我们说了算。

“这一年七月，我高兴地拿到了成人高等教育毕业证书。困扰多年的大石头总算落地了，望着这充满艰辛和汗水的红本子，我模糊的眼前不禁浮现出往日的情景。

“然而，专科还不是最终目标，按照我的职业规划要取得本科学历。于是，经过多方联系，我选择了东南大学的专升本继续深造。这里面的酸甜苦辣就不再说了，按照学分制的要求，我又如期取得了东南大学的本科毕业证书。这几年，我获得的证书有了好几个，除了两本学历证书，还有《工程师》《房地产经营与管理》等证书。想想要感谢很多人，老师、同学、领导、朋友、家人，尤其是老婆，她全心全意地鼓励我支持我。

“戴总，你爱人在南京吗？”陈记者问。

“是的，她在南京。几年后我贷款买了房子，把她接过来了，孩子也都到城里来读书了。”

戴为明接着说，“扬州这个开发项目，给了我较大的发挥空间和施展舞台，大事小事难事，每一件事我都认真对待，力争高质量、高效率地完成。老习惯，我依然起早贪黑、乐其不疲地工作着，兢兢业业地为公司的事务忙碌不停。房地产开发项目，如果简单地讲，就是拿地盖房子，然后再把房子卖掉；但如何做到精细化管控，这个学问就大了，同样的事情不同的做法，效果和结果是不同的。由于天时地利人和，这个项目开发的很顺利很成功。总共做了五年时间，到了第四年，我就被提为总经理兼总工程师了，原来的总经理提为董事长。

“有一次，我在工程现场，突然看到早前的钢筋工班长王国民，他见到我显得非常尴尬，原来他承包了我们项目施工单位下面的钢筋工程。他说：‘早就知道了，你现在做大事了，当了大领导，我都不好意思去找你。’我说：‘感谢你，那时你对我的指导和帮助非常重要。我不介意你说的那些话，相反还激励了我。’晚上我请他吃饭，聊了很多很多。”

“戴总你经常回老家吗？”陈记者问。

戴为明说：“每年的春节期间和清明之前，我们全家人都要回老家看看。家乡的变化日新月异，道路拓宽了，河道的水变清了，景色一年比一年好看。王成平带妻子从湖南搬回老家来安居乐业了，他说现在农村的商品比较丰富，真正是‘丰衣足食’了，几乎家家都有冰箱、彩电、洗衣机，很多人都有手机，小汽车随处可见。有一次，我开车带老婆孩子专程来到九里沟水电站，现场回顾我十六岁在此打工的经历给他们听，每到之处忆往情深、感慨万千。当年的工友郑家友、李先培、卜令刚，还有我的贵人陈永堂师傅，如今不知道在哪里，应该过得都还好吧。

“到了六安城里，我找到了那个曾经卖小报的马宝强，他见到我客气得不得了。他不再卖报了，用攒的钱开了一个茶叶店，门面还不小。他说生意不错，指着旁边的妇女告诉我，这是他老婆，然后又对他老婆说这就是他经常讲的救命恩人。两口子热情地挽留我们吃饭，我说不了，下次吧。临走时，老马泪眼婆娑地要送我十斤六安瓜片，盛情难却，我收了一斤才算是了事。

“原来的长途汽车站扩建了，变得异常的宏伟壮观，科技感和现代感十足。我是随便转转，想寻找过去的记忆。一个水果店的老板突然跑出来，抱住我，他说你还认识我吗？我说不认识。他说在皖西路上，你为了我打抱不平，揍了那几个小混混，后来你被他们报复了，不记得了？……我想起来了，顿觉心如刀绞。他看看我的胳膊，伤痕还在。看到我酸楚的表情，他愤愤地对我说，那几个人都进去了，有一个判了十五年。

“南通巷8号是我必须拜访的地方。前两次去探望，二位老人都健在，看我们带着礼品来了，激动得老泪纵横，坐下来有谈不完的话。送别时眼泪哗哗的，把我妻子的眼泪都带出来了。奶奶说：‘你们常回来看看，再不来啊，恐怕看不见我们了。’只怕老奶奶说话太显灵，我们第三次去的时候，她真的就去世了。之后，我再去看望老爷爷的时候，这儿全部拆迁了，原来的房子，原来的巷道，全部荡然无存，变成了热火朝天的大工地。触景生情，不知老爷爷人在何处，是否安康。

“抚今追昔，我对往日的岁月充满了眷恋和感激。过去他们说的话，还有潜心所学的那些东西，即便是字典里的某一个字、词典里的某一个成语，如今也在我的学习和工作中都用上了。值得一提的是，作为管理人员，语言和文字的表达是非常重要的，也经常用到，而这一点正是我的优越之处。如果没有那时候的勤学苦练，我到南京不可能进步这么快，工作上也不可能如此的顺畅。因此，我切实感悟到文化的力量是巨大的，它可以推动我们工作和事业的快速发展。

“扬州公司的项目结束了，本来是可以再拿一块土地继续开发的，可是总部经营战略调整，把重点转向矿产资源的开发上去了，搞什么煤矿、金矿、铜矿，这些我就不懂了。”

“那你怎么办？还得找工作啦？”陈记者问道。

戴为明说：“工作不用再找了，是怎么选择工作的问题了。”

“咦！什么意思啊？选择工作？”陈记者疑惑。

戴为明道：“自从有了学历以后，就有好几家猎头公司一直联系我。哦，猎头公司知道吧？挖一个高级管理人才拿一笔中介费。猎头公司给我推荐的企业包括万达、万科、新城、保利、龙湖等，好多都是知名企业，年薪最高的两百万元。之前只是联系交流，我没诚心跳槽。这个项目我要有始有终，不能半途离开，时间长了对公司对同事都有了感情，总不能为了钱不顾一切吧，所以一直没有答应去。

“要说选择工作，我确实对猎头公司说过三个基本条件，一是要求国有企业、大型股份制企业或者上市公司。小公司不考虑。二是我负责的项目最好超过20万平方米，商住不限。小项目不考虑。三是上班的地点距离南京不超过一个半小时的车程，方便照顾家庭陪伴父母。远了不考虑。话是这么讲的，实际上也是这么做的。你们看，我之后所选择的确实是大公司、大项目。现在，我在这家企业当总经理十多年了，也是大的上市企业，全国性开发企业。我所管理的项目规模超过了一百万平方米。”

“这么看来，你的职业目标早就实现了，完全符合甚至超过了当初的职业规划。那么你的另一个目标呢？”陈记者再一次提问，她把笔记本又翻了一页，拿起笔准备记录。

戴为明说：“另一个目标也实现了。一晃已是二十年前的事了。当时，我和弟弟一块各出资几万块钱注册了一个公司，经营范围还是与建筑有关的。三弟是建筑包工出身，开公司做工程业务有利于资源整合。公司成立后我做董事长，算兼职的，只有周末和早晚有空的时候才会顾及自己公司的事。作为董事长我管事并不多，只管几件事，例如企业发展战略，每年的经营计划方案，部门经理以上的人事任免，企业文化建设，还有重大问题的决策研究。久而久之，公司就形成了相对固定的经营管理模式，轻车熟路，每年都按照特定的运行轨道发展。公司成立第二年，我把孙楠也请过来了。他说在北京做钢材生意亏了，愿意到我们公司做管理人员。后来他通过自学也取得了本科学历。现在一家三口的小日子过得蛮滋润的，我们经常聚在一起聊过去的往事。

“最近十年，都是三弟在主持工作。我很少去公司，也不需要多指导了。经营状况还是可以的。成立第一年，产值六百多万，第二年一千多万，逐年递增，近几年平均产值2到3个亿。公司基本上都是老员工，他们对我们企业怀有深厚的感情。氛围蛮好的，发展状态稳中有进。唉!我们创办公司也不是完全考虑挣钱，更多考虑的还是实现人生的价值，一份社会责任和担当，就像我在企业文化中写的：打造多赢平台，共创辉煌事业，聚集八方人才，追求美好未来。

“好了吧！”戴为明舒了一口气，“我的故事就讲到这儿吧？时间也不早了，你们听得累不累啊？有什么问题也可以再提啊？”

“戴总，你能不能简单地总结一下你的成功秘诀？”陈记者先提问。

戴为明说："知识改变命运，学习决定未来，态度改变一切，细节决定成败。成功需要用生命去奋斗，方向比方法重要，能力比学历重要。"

丁导问："戴总，你现在还有哪些新的追求？"

戴为明回答："现在啊，没有什么大的追求了，为社会，为企业，为他人，做点力所能及的事。说传道授业解惑有点夸张，能给大家传递一些有用的东西就开心了。"

陈记者："戴总，你的成功之路，最感谢的人是谁呢？"

戴为明："要感谢的人太多啦，感谢父母家人，感谢党和政府，感谢改革开放和新时代，感谢领导同事，感谢朋友!"

丁导："戴总，你现在有没有什么烦恼呢？"

戴为明："有。主要有两点，一是能力有限，对别人的关心和支持不够，二是三观固化，很多观点不一定得到年轻人的理解和认同。"

陈记者："你对年轻人的成长和发展有什么建议吗？"

戴为明："年轻人要树立远大理想和崇高追求，要多看书，看好书，从文化中吸取营养，开悟自己的心智。少玩手机，更不要中了手机的毒害。'

丁导："戴总，对于工作和事业不成功的人，你有什么忠告吗？"

戴为明："成功是相对的，没有绝对的成功，也没有绝对的失败。活在当今时代，每个人都是幸运的，也是成功的。其实，只要努力了，奋斗了，即便失败了，做个普通人也很伟大。”

陈记者：“戴总，你现在还经常回安徽老家吗？”

戴为明：“回！几乎每年都回。看看家乡的变化非常大，乡愁每个人都会有一点。人不应该忘记过去，忘记过去就等于背叛自己。不仅是老家，就是我之前工作过的地方，譬如说将军岭、凤凰东街、怡华园，我都开车去看过。过去的一些老朋友、老同事，只要联系上的，都保持着联系，有时还聚一聚。比如说戴加兵，我以前施工员培训班的老同学，他的发展轨迹和我差不多，但是他后来考上公务员了，现在是市委宣传部副部长。老黄工给我的书，后来我送给他了，加兵说，这本书是他成长的催化剂和加速剂。”

小田：“戴总，你刚才讲手机的毒害，我觉得手机上基本都是正能量，没有什么毒害啊？”

戴为明：“我的意思是说手机的娱乐性内容比较多，对你们的成长和成功起不到很积极的促进作用，也就是说，有用的东西相比书上要少一些。现在倡导书香社会，就是提倡大家多读书，这样可以快速进步。人啊，如果不是在进步，那就是在退步。”

陈记者：“好的，谢谢戴总，今天的采访就到这里吧，感谢戴总的积极配合，祝你工作顺利，再接再厉，追求新的梦想，获得更大成功！”

戴为明道：“也谢谢你们！不妥之处请多多包涵。希望你们精心制作，呈现出更多更好的优秀节目。”戴为明站起来，他和陈记者、丁导、小田分别握手，送其到电梯门口，挥手致意：“你们辛苦了，下次再会！”

回到办公室，戴为明坐到沙发上，他在回想今天讲的话有没有错误的地方。突然间，他想到有几个事情，陈记者他们没有问，自己也忘了讲清楚，在将军岭的护坡上写的五个字是什么，郑老板和张总是什么关系，还有同学郭胜利到了城里以后发生的事……还有，还有不少没有讲到位。但是戴为明转念一想，也没关系，如果需要，他们下次还会来的。

2013年3月初稿

2022年4月定稿

二、散文

生育轶事

现在许多年轻人，对生孩子和养孩子信心不足，尤其是，对生第二个孩子顾虑重重，担心抚养问题、教育问题、购房问题等，想得太多。

但我们公司的员工想得开。自从二孩政策出台以来，先后有九位员工生了第二个孩子，其中一个员工还生了三胎，而且是双胞胎，四个孩子，不过，这倒是他当初没想到的。

最先响应二孩政策的，是行政部乔荣富和任平华，两位都是驾驶员，虽然工资不高，但他们说：车到山前必有路。过去那么困难，一家几个孩子都不怕，如今生活条件比过去好了不知道多少呢！怕什么，都会有解决的办法。紧接着，行政部专员姚红也毫不犹豫地生了二孩。

看到行政部同事生了二孩整天高兴的样子，工程部田磊和黄永成也不示弱，他俩都是工程区域负责人，做事认真，工作积极，项目管理上有股从不认输的冲劲。他俩结婚后各生过一个女孩，对于抚养、教育、房子等一系列问题，根本没有那么多的顾虑。于是，都毅然决然地生了第二个孩子。

财务部多是女员工，看着行政部和工程部的同事“生”了二孩，非常不安，认为咱们也不能闲着，虽然工资也不高，但是咱们不能少了钱财又少了人才啊，生孩子咱财务部不能落后啊！事实上，一年后财务部的两位员工都生了二胎，生二孩的比例占部门总人数的百分之四十，超过了行政部和工程部。

而生产比例最高的是预算部，四位员工有两位生了二孩。副经理张伟第一胎是男孩，觉得小孩没有伴儿，到处找人家的小孩玩很不方便，不如自己再生一个，两个小孩可以相互陪伴、共同成长。只是本想再生一个女孩，却又生了一个男孩，没关系，也很高兴。预算部负责人陈总审时度势，运筹帷幄，她认为部下张伟应该生个女孩比较好，女儿是小棉袄，贴心孝心，怎么偏偏又生个男孩？陈总自己前面生的也是男孩，她就不相信生个女孩有那么难吗？为了证明自己的判断，她决定生一个试试，尽管快四十岁了。时间一晃到了临产期，在陈总请假回家后的那几天，公司员工时不时的在打听，生了没有？到底生的男孩还是女孩？没几天，喜讯终于传来，她果真生了一个“千斤”。有同事调侃道：“预算部老总，算得还真准！”

工作之余，大家常常在议论生孩子的事，谈笑风生，喜形于色，公司里洋溢着愉悦而又积极向上的气氛。人旺财旺，人财两旺。按公司制度，生孩子有保胎假、产假、陪产假、哺乳假等福利，为了不影响工作，我们经常开会协调工作安排，好就好在同事们都乐意分担他们的工作，多做一点事情也是高兴的；请产假的员工也主动要求在家里通过电脑和网络远程办公，完成一些力所能及的工作，如此一来，生育工作两不误。

正当他们在生二孩的问题上相互攀比的时候，已经有人在勇敢地筹划生三孩了，他就是工程部的黄永成同志。去年下半年，有人提示他，你慢点，三孩的政策还没有放开，生了会不会有问题？他满怀信心地说：“没问题，三孩政策不久会放开的。”原来，黄永成之前生过两个女儿，这一次，他特别希望生一个男孩。

“2021年5月31日，中共中央政治局召开会议，指出进一步优化生育政策，实施一对夫妻可以生育三个子女政策及配套支持措施，有利于改善中国人口结构、落实积极应对人口老龄化国家战略、保持中国人力资源禀赋优势。2021年8月20日，全国人大常委会会议表决通过了关于修改人口与计划生育法的决定，提倡一对夫妻可以生育三个子女。”这个资讯对于黄永成而言，真是特大喜讯，此时，他才告诉大家，妻子早就怀孕了。

今年11月，一个让大家喜出望外的消息，在公司上下传开：黄永成妻子生了一对双胞胎，更为称奇的是，两个都是男孩。黄永成逢人便说：很开心很开心，但也有压力啊！同事们鼓励说，不要有压力，孩子是快乐的源泉，有了人就有了一切，像你长得帅，孩子肯定也长得帅，还有同事说，这一次你生的两个可是大人才啊，好好培养，先苦后甜，将来可能都是大老板呢，不用你给他俩买房子，以后是他俩给你买房子哈哈。到了12月10日，黄永成请我们吃“满月酒”。大家都很兴奋，说好了每人递上两个红包，寓意双喜临门。我在红包上，还为他写了一首小诗请同事带去：“牛年双喜生乐童，多子多福家兴隆，长命百岁新希望，满园春色别样红。”

虽然那天我因事没去参加“满月酒”，但是，我在手机微信上看到一张张现场拍的照片：有两个家庭成员及四个孩子的合影，也有同事们和朋友们抱着孩子的合影，喜庆的场面，灿烂的笑容，祥和的氛围，其乐融融，让人羡慕不已，幸福感油然而生。

为古城写歌

八年前，我从南京来到泰州工作时，有朋友对我说，泰州是座古城。这里秦称海阳，汉称海陵，州建南唐，文昌北宋，有2000多年的建城史。

泰州是江苏省设区市，历史上曾称海陵。现在的海陵区是主城区。但早在秦朝的时候叫“海阳”，到了汉代的时候就称为海陵了。从地名上看，仅海陵的历史，根据《江汉地理志》记载，武帝元狩六年（前117年）设置临淮郡，下辖29个县，其中就有海陵县。海陵的名字，来自《大清一统志》卷六十七云：“以其地傍海而高故曰海陵。”

后来，我查阅了一些资料，发现泰州的历史有文字记载的可以追溯到西周初年。那时候，泰州这个地方原在长江口外的浅海中。大约在七千到一万年前开始成为陆地，五千年前已有人类居住。夏商时，为滨海临江地区，属于《尚书禹贡》中所称的“九州”之一的扬州。但在西周时，就已称为“海阳”。

当时属于吴国，春秋战国时期，历属吴、越、楚，楚时为海阳邑地。如此保守推算，从西周（前1046—前771年）初年至今，泰州的历史应该有近3000年了。

泰州的文物古迹众多。境内有距今4000多年的龙山文化遗址，有新石器时代晚期至商、周的古文化遗址，西汉初开凿的古运盐河遗址，战国时期的昭阳墓。此外，还有始建于东晋的江淮名刹光孝寺，唐建明修的南山寺大雄宝殿和城隍庙，明建清修的东岳庙、庆云寺、岳飞生祠、胡安定祠堂、崇儒祠、马洲书院、胡公书院、襟江书院和扬郡试院等。

再后来，我了解到，泰州不仅是古城，还是一座有深厚文化底蕴的城市。名人特别多。古代尤其是明清时期的名人数量就多的惊人，比如说吕岱、张怀瓘、施耐庵、王艮、郑板桥、任大椿等。而近代和现代的科技类、创业类、政治军事类名人也不少。更值得称奇的是，泰州当代的作家、画家、诗人、文艺表演家、书法家、评论家、文学家，可以说比比皆是，举不胜举。几年下来，我还有幸认识了一些，相见恨晚，可谓良师益友，受益匪浅。

千百年来，泰州风调雨顺，安定祥和，被誉为祥瑞福地、祥泰之州。基于这些原因，我对泰州是充满着感佩之心和崇敬之情的。

于是，作为感恩和回馈，我曾利用业余时间写过一首歌，名字叫《泰州美泰州情》。歌词的前两段是这样的：

天蓝地绿泰州城

互联互通铺盛情
康泰之城好风景
顺风顺水人欢欣

周秦海阳故事深
悠久历史在传承
远古风帆到如今
吉祥文化在前行

当时，歌词的创作还面临着一定的压力。一方面歌词不像诗歌那样可以写得很长，短短几分钟的歌词中，想要表达泰州市的城市发展、历史文化、古城文明、人杰地灵和优美环境，抒发泰州人的美好情感和赤诚之心，还是有难度的，所以歌词也修改了好几次。

歌词写好之后，我和唱片公司的朋友谈得非常详细，对于歌曲的风格、节奏、配乐、曲调、旋律、唱法、情绪和长度都作了非常全面的探讨。我说，泰州的文人雅士太多了，这首歌要唱出“悠久历史在传承”的古韵与诗情，也要唱出“水城水乡水陆要津”的温婉与柔美，更要唱出“人文荟萃辈出佳人”的激情与豪迈。音乐总监葛贝听了我的一系列介绍之后，用一句泰州话笑着说：“不得了，这首歌还真的要男女对唱加合唱呢。”

歌的谱曲出过两个版本，我们请多人试听比较之后，在第二个版本上修改了六次。因为歌曲要柔顺抒情、深情甜美、舒展大气，又要激扬豪迈、高亢悠扬。这本身就是很矛盾的，所以处理起来很纠结，又因为歌词设计是男女对唱与合唱，所以只能一字一句地表现歌曲的情绪和内涵。

经过一个多月的修改和优化，作曲和编曲总算确定了。我们挑选由两个比较熟悉的专业歌手来演唱这首歌，希望能够准确演绎。

但是，结果有点遗憾。男声唱得应该是符合要求，女声唱得有些不太满意，主要是音调不够柔美，情感不够饱满，缺乏亲切感。为此，我和唱片公司沟通，决定找两个唱情歌的歌手来试试。

第二组歌手，女声确实唱得比较到位，尤其是把“水的柔美，人民的幸福感和城市的美感”都唱出来了，但男声穿透力不够，气势偏弱，对激越和赞美之情演绎不足。我与唱片公司反复讨论，最后决定用第一组的男声和第二组的女声做混音处理。事实证明，果然如愿，制作出来的效果一听就觉得满意，可以采用。

经过三个多月的修改、优化和锤炼，我认为歌曲符合初期的定位了。歌曲发行之后，点播率一度持续增高。腾讯视频、爱奇艺、优酷视频、QQ音乐、网易云、酷狗音乐、百度等各大主流网站均可搜到播放。官方媒体“微高港”“泰州发布”《新华日报》《现代快报》《泰州晚报》等，分别有了报道。我人在泰州，却能意外接到来自南京、上海、浙江等地打来的电话或信息，对这首歌曲表示了肯定与鼓励。

我写这首歌的出发点之一，就是歌词中的第二段。那么，我想表达的认知是：泰州不仅是古城，而且是历史文化古城，是一个有故事的城市；泰州不仅有历史文化，而且传承得非常好，近代文化和现代文化都日渐繁荣，并且正在高质量地发扬光大。

故乡的双桥集

双桥集，是我家乡的一张绚丽名片，也是家乡的一个亮点。它隶属六安市，位于六安市东北方位，距离市区约八公里。

双桥集，简称双桥。这个名字由来已久，有200多年的历史。早在清朝道光至光绪年间，这儿叫朱小店，住着几户人家，十几口人，姓朱的人家开了几间小店铺。到了清朝末年，这里发展到了十几户人家，三十多口人，出现了越来越多的商品买卖活动，在朱氏门口经常有乡民聚集，时间长了，人称朱小集。

民国时期，三元河上有了两座木桥，朱小集演变为双桥集。

早前，三元河是一条无名小河，宽度五米左右。由于长时间水土流失，河的宽度不断扩大，加上两次人工清理和修坡，宽度到了十米左右。二十世纪七十年代中期，大兴水利工程，经过大规模的人工扒河，三元河一下子拓宽到三十米以外。

古人说，逢山开路，遇水搭桥。这条河上的桥，却经历了不同时期的变革。最早是搭的桥，三根槐树捆在一块搭起来的。因为小河并不宽，胆大的人可以直接行走，胆小的撑着一根竹杆可以走过去。多年后是架桥，用几十根树木做支撑，上面用树条和木板钉起来；于是，桥面变宽了，但也变高了。洪水季节，看着下面湍急的河水，妇女儿童走上来有点害怕。后来是建桥，两端用石头砌筑，中间用钢筋混凝土修建，这是混合而成的公路桥，延续至今。

由于三元河的南北相隔大概两里路各有一桥，双桥由此而得名。自从中间有了公路桥之后，两头的木桥便拆除了。

为何双桥集这个地方如此重要？因为双桥集是一个由小到大的集市。说它小，早前仅是一条小街，除了铁匠铺、盐铺、豆腐店等店铺，便是农具和日用品的交易场所。说它大，是随着时代的发展，这里出现了各类农副产品、衣服鞋帽、油盐柴米和鸡猪鸭鹅等商品交易。这儿的集市，更像个大型农货市场或小城镇，什么都有，满街的物品应接不暇，人流来自四面八方。

随着时间的推移，双桥集上有了乡政府、医院、粮站、电影院、信用社、中学、百货商店等设施。所以说，双桥集不仅是集市，也不仅是一条街，它慢慢地成了政治、经济、文化、教育和商业的综合体。

说到街，其实双桥集也曾有过老街，其历史至少保留了上百年。老街狭长，一丈余宽，两侧皆为不知名的街坊。从穿草鞋的年代，就有那些善良的乡村农民在那里苦苦守候。老街分三段，呈丁字形，全长一里多远，那坎坷不平的石板路，早被川流不息的赶集人踏得铮亮。在繁忙的时节，人头攒动，从街头到街尾，往返需要一个多小时。按农历算，双桥集逢双不逢单，即初二、初四、初六、初八……以此类推为逢集，不是逢集人很少，也没有多少东西摆在街上。它和东边的罗管正好轮逢。

由于双桥集是集市的代名词，所以不少人习惯叫它“双集”。可别小看这个名字，它的知名度和影响力大到几十公里以外，涉及几十个乡村。以至于逢集的时候，东边的罗管、潘店，南边的大桥畈，西边的二十铺、西大河，北边的木厂等地，都有人来此赶集。他们热衷于这里熙熙攘攘的拥挤，琳琅满目的商品，煎炸油条的香味，热气腾腾的早点。走着，看着，听着，闻着，悠然自得地体会着闹市的繁华景象。

我对双桥集的印象，首先是从那桥开始的。小时候，是大人扶着我过桥；独自一人时，我曾爬着过桥；渐渐长大了，我是战战兢兢地走过桥；后来，扛过自行车过桥，再到骑着自行车过桥；再后来，坐着车子过桥。这就是“过桥”的记忆。桥在不断变迁，不断更新。关于老街的印象，是去买锅、买碗、买铁锨、买秧鐝，多是买些农具。至于猪肉、豆腐这些改善性食品，那要看口袋里有多少钱了，一般都是看看而已。1982年以后责任田到户，经济上逐渐宽裕，想买的东西基本上都能如愿以偿，甚至还能吃个早点再回来。往后，便是有选择地购买一些商品，因为该添置的东西基本上都有了。当然，那时候也去双集卖过一些东西。比如说卖稻、卖米、卖鸭、卖鸡、卖鸡蛋、卖黄鳝等等。不论买与卖，心情都很愉快，那熟悉的乡音，那淳朴的神态，一切都充满了友善与随和。

最热闹的时候，是每年的春节前后，尤其是腊月，俗称“办年货”。满大街的商品星罗棋布，鸡鱼肉蛋、咸鸭咸鹅、青菜萝卜、粉丝豆腐、服装鞋帽，真是花样繁多，应有尽有。赶集的人，都是南来北往的男女老少。随着人流走动，会觉得步移景异、赏心悦目。由于经济的快速发展，双桥集的街道上不仅有大件商品，如冰箱、彩电、洗衣机、电动车等家用电器，而且还有了拖拉机、农用车出售。这里不但人流接踵，更是车流涌动，甚至还经常出现喜悦的拥堵现象。

现在，双桥集不但是一个集市的名字，也是一个行政村的名字。这里曾经是双桥公社，1960年以后改为木厂区双桥乡人民政府。1990年之后，撤区并乡，合并到六安城北乡。2004年10月份，经过城北乡政府区域规模调整，双桥集成为双桥村，辖24个村民组，是一个大村，总人口近三千人，有1个村级卫生室，2所小学，1所幼儿园。与新华村、立新村、中心村、新川村、和平村、大桥畈村相邻。由于地理位置和经济发展等因素，前些年，双桥村由城北乡划入六安经济技术开发区范围，未来前景更加广阔。

双桥集这个地方，留下了几代人的足迹。从传统的老街到现代化的商业街，它是农村变化发展的见证，也是时代文明进步的一个缩影。从它身上，我们仿佛看到，一代代乡村人的精神文明和物质文明在不断提高，从贫穷到小康，从落后到发达。

如今，每次回老家都要经过双桥集，并下车到街上走走，买点东西，看看新的变化。当然，必须经过那座桥。联想到过去的情景，我想，这座桥是非常有纪念意义的，由早年简易的搭桥、架桥，到后来的正规化建桥，它经历了风风雨雨、人间沧桑。从赤着脚的步行，到坐着车的前行，许许多多的父老乡亲们都路过这座桥，年复一年，从困苦走向富足，从过去走向未来。

2022年4月写于南京

回归自然

前不久，老家亲戚带来了一条甲鱼，虽然不大，但说是池塘里野生的，味道不一样。

我看了以后，让妻子把它养两天，等到周末家庭聚会时再杀，烧一盆甲鱼汤，让父母和弟弟他们都来分享一下。

妻子把它放在洗衣盆里，放一点水，上面扣上盆子，将板凳放倒压在上面。

到了周五晚上，我发出邀请，周六全家人一起到饭店吃饭，并说明有野生甲鱼品尝，于是，就获得了好几个点赞。

周六早上，妻子说不敢杀，也不一定做出好味道，还是带到饭店让厨师去做，我表示同意。

然而，出乎意料的事发生了：当我打开洗衣盆的时候，发现甲鱼不见了。

妻子说没关系，反正跑不远，你找找，就在家里肯定能找到。于是我先从厨房找起，上上下下看了一通，没有任何甲鱼的影子。考虑到卫生间有水声和水迹，甲鱼可能会跑到卫生间逃生。但是找了洗脸柜的下面和马桶的背后，都没有找到。几个平方的地方，真是一览无余，我确定不可能在这里。

看来只能增加人手，扩大搜查范围。我和妻子手持强光手电筒开始在客厅、卧室、书房，甚至女儿的房间认真寻找，就连沙发都被翻了个底朝天，但结果很遗憾，没有找到。

饭店里家人们早就到齐了，来了十多位，都在饶有兴趣等着我们。而我只能不好意思地告诉大家，实在抱歉啊，甲鱼昨天晚上跑掉了，到目前为止还没有找到。家人们一致认为：甲鱼还是在家里，只是找得不够仔细。我说下午继续找，找到了晚饭的时候再吃，也是可以的。

可能是年纪大了，眼睛有点老花，下午我吩咐女儿和我一起找。

我制订的方案是“重点排查”和“地毯式搜查”相结合。依然从厨房开始，再到卫生间、客厅、房间，一块一块，一个一个，一层一层查找，睁大眼睛，不放过每一个细节，充分发挥了一丝不苟的精神，时刻希望奇迹能够出现。不大的一套房子，足足花了一个多小时，身上出汗了，累得喘气了，而结果匪夷所思，仍然没有找到。这让我感到非常莫名奇妙。

晚饭的时候，我把这个情况做了“专项汇报”，同时，我尴尬地宣布了一个判断和一个决定。这一条甲鱼不在家里，应该是趁人不注意的时候，逃出家门了，如果它还在家里，那只能说明两个问题：一是它的求生能力非常非常的强，二是它的智商也超过我了。家人们都笑了。接下来我说出了我的决定：如果这条甲鱼还是在家里找到了，不能再吃了，我决定放生。大家基本上同意我的意见。

一连几天，我时不时还在想着这件事，觉得太不可思议了。尽管工作很忙，但稍有空闲我就在反思，究竟搜查的问题出在哪里。

四天后一个上午，妻子打来电话，说甲鱼找到了。我吃惊地连问两遍在哪里找到的？妻子说，在女儿房间的大衣柜底层找到的，它钻到了女儿叠好的棉大衣里了。好家伙，真是聪明！我对妻子说，养好了，别再让它跑了，等星期六一早我们将它放生。

我觉得放生也应该搞一点仪式感，让妻子、儿子、女儿和孙子共同参加。为了陪同甲鱼放生，早上，我拿着塑料桶去菜市场买了几公斤的活鲫鱼回来，然后带上甲鱼，五个人一起开车前往长江边。

江面壮阔，波涛翻滚。我们终于找到一处可以下脚的地方。把装有鲫鱼的和装有甲鱼的塑料桶分别提到长江岸边。

这时候我发现一个奇怪的现象：之前甲鱼一直是缩着头不动的，而此时它的头已经伸出来了，在水桶里面四脚不停地扒动，异常活跃，眼睛也睁得特别大，而且特别明亮，它仿佛听到了江水拍岸的声音了，那种渴望立即下水的狂喜劲儿可想而知。妻子说，快放了吧，你看它急得。

经过商量，决定由女儿先把鲫鱼放入江水中，再由孙子放了甲鱼。装有鲫鱼的塑料桶放倒在江水中之后，有的鲫鱼缓慢地游进水中，越游越远，而有的鲫鱼却在岸边转悠，流连着不肯离去。而不同的是，当孙子慢慢地将装有甲鱼的塑料桶放倒的那一刻，甲鱼却是奋力地奔了出来，直接扑向江水中，瞬间就消失了。

我正在想，今天的放生活动还是有意义的，是不是应该给孩子们讲点什么教育之类的话。突然，女儿惊喜地喊道："你们看，甲鱼浮上来啦！"我定睛一看，果真在下游十几米远的水面上，它居然露出来了，伸头看了我们一眼，很快又沉入水中。也许是回头道别的吧，我们盯着水面，希望它再一次浮出水面，深情地等了很久，然而它再也没有出现。

女儿说："别等了，它已经回归自然了。"

妻子叹了口气问道："以后它会不会被人捕捞去？"

儿子说："应该不会吧，至少十年不会。"

母校孙城寺

也许每个人都怀念母校。但是，我的母校孙城寺非同一般，可以说，数以万计的人，对它除了怀念，还有崇敬与感慨。

要说与众不同，首先要从矗立在孙城寺上面的遗址碑说起。这块遗址碑的碑文正面，上一行刻着：六安市重点文物保护单位，中间五个大字：孙城寺遗址，下面落款是：六安市人民政府2018年8月公布。遗址碑的背面刻有简介：孙城寺遗址，位于六安市金安区城北乡立新村境内，遗址呈不规则圆形，直径约320米，面积约7.6万平方米，高出地面约5—6米，东西城门尚存，文化层丰厚，始建于新石器时代。这些文字显著地说明了孙城寺的地理位置、占地规模、历史价值和保护的重要性。

小时候，孙城寺是我们最向往的地方，这里像乐园一样吸引着我们。那时候，孙城寺给我的印象是高高的，大大的，绿树环绕，神秘莫测。但不解的是，孙城寺为什么有“寺”呢？原来，这里其前身是古代的“烽火台”，起源于西周时期，是燃放烟火传递军情的高台。因多年无战事牵连，便有了出家的和尚来此隐居修行，久而久之，在此搭起了小寺庙。若干年以后，烽火台上出现了一颗圆形的陨星，重达千斤，传说由天空沉落而来，“星沉寺”由此得名。在唐朝末年，这里建起了大的寺庙，筑有城墙，和尚已有多人。清末到民国时期，这里的三代和尚都姓孙，因此，星沉寺改成了孙城寺庙，亦称孙城寺。

中华人民共和国成立初期，社会主义三大改造，这里的寺庙被拆了，建立了孙城寺公办小学。后来，经过了多次的改造和扩建，又增立了中学、公社、村部、信用社、医院、商店等配套设施。于是，这里成了十里八乡的政治、经济、教育、医疗、文化的中心。通往孙城寺的几条小路上，常常有人上下穿梭、络绎不绝。

当时的学校，都是一层的土房子。我就是在这里，从一年级读到初中。针线缝的布书包，土坯砌的课桌，水泥做成的黑板，还有白色的粉笔，都是那个年代的记忆。教室确是土墙，窗户连玻璃都没有，条件真是很差。但是老师上课一向很用心，不管是刮风下雨，还是天寒地冻，他们站在讲台上，从来都是精神抖擞地教我们语文、数学、唱歌……有时候也讲故事。记得一位老校长张增厚，他就给我们讲过一个小孩偷了人家的菜瓜，后来遭到雷击的故事。教育我们要靠自己的双手创造生活，不能偷人家的东西。那时的课余活动也很特别，跳绳、黄泥泡、斗鸡、弹子、斗方、弹杏核，带给了我们许多的欢乐，伴随我们度过了难忘的童年和少年时光。

在小学读书时，我们最为喜欢的，要算是校园中间的那棵白果树（银杏）。它的直径是三个孩子抱不过来的，高大挺拔、枝繁叶茂。在我们孩子心中，它是神树（常有人在此烧香、放鞭炮、挂红布条）。不知道什么时候栽的，也不知道谁栽的，更不知道它为什么栽在这里。每年，我们都看着它树枝发芽，长出叶子，越长越大，越长越绿，越长越密，风吹过来沙沙作响。它可以遮风避雨，也可以遮挡烈日。然后渐渐地，它长出果子，由小到大，由青到黄，直到成熟了一个个落下来；再后来，它的叶子慢慢变黄，金色的一片一片挂在树上，给了我们无尽的遐想。

上初中时，我们离开了小学的校园，要到校园以外的房子上课了。那种心情是依依不舍的。毕竟五年时间，对校园、对老师、对后一届的同学，都有了一定的感情。但是没有办法，老校区的房子不够用，校领导和村干部协商，把孙城寺上面的豆腐坊和大礼堂改成了教室。老师讲了，同学们要好好学习，这些教室是“宁愿不吃菜少开会，也要让学生上学”的代价换来的。大礼堂是借用的，如果偶尔开会，必须立即把课桌收到一边，等开完会再恢复上课。实际上，这里的条件更差了，又脏又潮湿，蚊虫肆虐，房子上面到处漏雨。记得有一天上英语课，姚贤霞老师穿着漂亮的新衣服登上讲台，那天正赶上下雨，讲台的位置不断有雨水滴下来，说是雨水，其实是房子上面漏下来的脏水。姚老师的头发和衣服都淋湿了。更为巧合的是，那会在学一个英语单词“NO”，与“漏”发音相同，有的同学在下面偷偷发笑。但是姚老师没有笑，她冒着“雨”，认认真真地坚持把课上完。现在回想起来，真是不该笑，太无知了。

在学校里，我们学会了广播体操，体验了开生产大会，也参加过有意义的劳动。有一次，小城生产队的队长找到高峰龙老师，说满地的花生都成熟了，农民忙不过来，想让班里的学生帮忙到地里收花生。高老师说，这个可以，我们去开展一次义务劳动，我的学生都是能吃苦的，但是家里都比较穷，有的孩子连饭都吃不饱，如果我的学生在收花生的时候吃了你的花生，你可不能骂他们。那天很热，同学们都很累，到了放学的时候，高老师还鼓励我们把地里的花生全部收完。一直忙到天黑，有的同学埋怨吃不消了，高老师说，你们要养成吃苦的习惯，完成任务才能休息。

孙城寺的风景是很美的。上面树木繁多，鸟语花香。更让人欣喜的是，孙城寺也是观景台。那时候孙城寺比下面高十多米，站在上面远远眺望，田野一片辽阔。春天的时候，远处春意荡漾，翠色尽染，一个个绿树掩映的小村庄，飘浮在广袤的天地之间。油菜花盛开的季节，一片金光灿灿，天空飞燕，像一幅迷人的风景画。到了夏天，可望见耕牛、插秧、薅草、施药的农忙景象。稻花飘香，诗意盎然。而多数人更喜欢秋天，看农民在收割、打场、晒稻或卖粮途中所洋溢的丰收喜悦。但我喜欢看冬天的景色，尤其是下过一场大雪，银装素裹、空旷无垠，大地正在孕育着新的生机。总之，遥望让人联想，仿佛远方有醉人的诗情和美丽的传说。

一转眼，我离开母校四十多年了。现在适逢春节和清明时便回老家。每到孙城寺，往事记忆犹新。由于社会发展和时代进步，以及城镇化进程的不断推进，那些老师，那些同学，那些乡亲们，有的乔迁到三十铺镇上，有的搬迁到六安城里，也有的住到了更远的城市。孙城寺只留下空无一人的老校区和新建的几处建筑。早年的读书声、嬉闹声、欢笑声和上课铃声，早已荡然无存。然而，那个年代传递给我们的知识和情感，却一直在传承和延续。

2019年7月，怀着极大的热情，我为家乡和母校写了一首歌《怀念孙城寺》。在网上发行以后受到了广泛好评，一个晚上的点击量和转发量就超过了千数。从另一个侧面，这反映了众多人对家乡和母校的深厚情结。虽然校园已是荒凉，白果树不复存在，老师和同学们各奔东西，但是她的气质和精神，已经深深地浸透到几代人的思想和心灵之中。从1949年10月孙城寺建校开始，先后有张增厚、袁家银、夏行华等十四位校长任职，教职员工最多时有二十余人，学生多达七百人。先后有近万名学生毕业于此。而毕业的学生中，如今有的做了老师，有的做了公务员，有的做了企业家，还有的做了商人，但不管是做什么，他们都像当年的白果树一样，成为了社会的有用之材。难道说，这不应该感激孙城寺的历史和文化吗?

孙城寺现在是重点文物保护单位，有形的文物需要保护，而无形的文化更需要保护。但愿我们铭记历史，弘扬文化，珍惜当下，把所有的真善美和质朴高尚的情感，一代一代传下去。

2022年3月22日

房地产与写作

从事房地产项目的开发管理，我有二十多年的实践经验。最近，我惊奇地发现，房地产的开发程序可以运用到写作上，换句话说，写作与房地产开发的操作流程有很多相似之处。

房地产的开发流程大致是这样的：看地选址、市场调研、总体规划、工程设计、工程施工、分项验收、竣工交付。在这些大的环节里，还有一些小的环节，譬如说，在工程施工中，分为主体结构、装修装饰和设备安装施工；在分项验收中，分为结构、安装、消防、智能化、规划和室外环境等验收。联系写作，看地选址好比写作的选题立意，即打算写什么样的题材。市场调研相当于写作前的评估，即对想写的内容是否符合某些需求、是否为当前或未来读者所喜欢进行分析研判，搜集相关依据、数据和素材。脱离现实生活和客观事实的写作，是站不住脚的，读者也不会轻易接受。条件具备了开始总体规划，此核心要素是类型与体量。在房地产行业中，重点是用地性质与容积率指标。也就是说，开发的是商业还是住宅，是民用建筑还是公共建筑，高度是多少，是框架结构还是剪力墙结构，能开发的面积是多少？那么换成写作，便是确定本次写作是论文，是散文，还是小说，是什么受众，要采用什么结构，是短篇，是中篇，还是长篇。

总体规划确定了，开始工程设计。在写作之前，最好拟一个“写作提纲”或是“写作方案”。构思和设定拟写内容中的主要情节、人物关系、时间地点、各个环节的重点以及描写的范围，就像工程设计中的施工说明、标高尺寸、构造节点及其大样图。这些都要建立在总体规划的基础上。设计质量是写作质量的前提。

设计的下一步，当然是工程施工了。写出来才是重要的，按照事先规划设计的思路写出来，才是最重要的，不能偏离主题。工程施工有四大目标，分别是安全、质量、进度和效益。比如写作的话，是政治思想上不能有问题，不能出现致命的瑕疵或硬伤；符合写作规范和预期的作用及意义；按时间计划完成；产生良好的效果和成果。一般来说，写作和工程施工一样，最好不要违反程序，必须先从基础开始，再到主体结构、二次结构、水电安装，最后进行装修装饰，整改完善后移交。工程施工不能偷工减料，也不能多余施工。写作也一样，该写的，必须要写到位，不能画蛇添足，过度修饰。

当前，在房地产领域，对工程施工有一句很通俗的评判标准："清爽"。实际上，好的作品看上去也是很清爽的。语言凝练，阅读顺畅，不累赘，不艰涩，这个与工程施工差不多。如果要做到看上去很清爽，就必须经过反复修改和锤炼，铲除带锈的句子，增加必要的修饰。好比工程上安好门窗一样，使文中的每一处语句都有闭合，避免不必要的缝隙和漏洞。修改和修饰是需要标准的，也是有重点的。尤其是开头和结尾的地方，要尽可能提高标准，给读者好的印象，就像建筑物的门厅部位，进门和临走的感受，有可能决定客户的取舍。

在工程施工中，最怕的是安全事故和质量事故，出现了事故轻则整改，重则返工重做，甚至造成经济损失和名誉损毁。写作中不能违背政治原则，也不能出现思维逻辑上的错误。在写作中很容易犯的毛病，可能是时间、地点、人物、事件和环境上的不一致，或是表达错位、描写失真、前后矛盾等现象。所以说，要多次的查验和不断的改进优化，才能实现零事故的目标。当然，我认为查验是从过程开始的，就像工程施工，每一层、每一道工序都需要验收合格才能开展下一步施工；如果到最后才发现写的东西有重大安全和质量隐患，那么造成的损失同样难以弥补。工程验收分为自验和外验，有些问题自身难以发现，多向别人征求意见，可以避免走弯路，避免不必要的麻烦或损失。

在房地产开发中，如果一个项目选址正确，规划设计合理，施工质量优良，按期交付，房子顺利销售，那就是成功了。相对于写作来讲，道理也相似，任何一个环节出现问题都有可能导致失败。以结果为导向，往往是作品诞生的先决条件，没有目标的写作或者没有达成目标，是没有多少意义的。

当然，写作与房地产开发也有很多不同之处。比如说，写作是可以采用倒叙、插叙等叙述方式的，而工程施工只能按顺序进行。写作往往是要追求思想性、艺术性和可读性，甚至具有广泛的社会性和历史性，要考虑到传播和教育的意义，这些在房地产开发中未必都有体现；房地产开发项目有寿命周期，而写作所形成的作品，有可能流芳百世，代代相传。

歌曲创作谈

歌曲《怀念孙城寺》发行以后，引起了较大的社会反响。基于大家的建议和要求，我将歌曲的创作过程披露如下，敬请雅正。

2019年春节前，在一个公开的场合，我说过，我要为家乡和母校写一首歌。

春节后，我便开始了这首歌曲的构思和定位：歌名《怀念孙城寺》，歌词为现代诗歌风格，歌曲为通俗唱法，节奏明快，旋律优美，曲调舒缓……

经过两周时间的酝酿，在一个星期三的晚上，我突然灵感泉涌，拿起笔一口气写下了歌词。

经过一周时间的修改，歌词算是写好了。

于2019年3月2日星期六上午，我开车直奔唱片公司，与葛贝（艺名为贝若德华，著名音乐人）交流了我的一系列想法。我告诉他，这首歌是献给家乡和母校的，要体现怀念、抒情、感恩。我负责作词和视频制作，他负责作曲和发行。歌曲长度约5分钟。为了进一步传达预期的歌曲思路和风格，我提供了事先准备好的20首歌曲，希望唱片公司从中获取旋律和编曲的养分。

我当场提交了歌词电子文本。葛总问我，你要男声唱，还是女声唱？我说这个还没想好。

3月10日至18日，因为歌词的韵脚，我对歌词作了调整，我甚至写出了另一稿主题不变、字数相同、意思相近但韵脚不同的歌词供选择。唱片公司征求我的意见，修改两个字，把第8句的“美好情趣”改成“美好回忆”，我表示同意。

4月3日，歌曲的范唱做好了，这意味着歌曲的旋律和伴奏都已经形成了，只是还没有请专业的歌手进棚录制。晚上我反复地听，大概听了二十多遍，感觉还是不太满意。

4月4日上班前，我发了一个信息：“……编曲与我的要求还存在不小的差距，节奏不够舒展明快，曲调有些生硬，唱词之间的衔接有些局促等等，请给予调整和优化。”

唱片公司回复说，这就不是调整和优化能够解决的了，除了前奏以外，其他的只能是全部重做。看在朋友的份上，葛总他们为了满足我的要求，愿意重新编曲，这种态度让我很是感激。

我强调，这首歌不光是我，大家的期望值都很高。

4月29日，新版的谱曲和小样发过来了。我又反复听了很多遍，比前一次有了特别大的改进，我表示可以接受了。但歌曲的长度5分13秒，我觉得过长，我要求控制在5分钟以内，便于以后网上传播。同时，我提出对歌词再修改几个字，明确了这首歌由男声来唱比较合适，更能代表作者的心声。

葛贝同意了我的要求。不过，他建议去掉歌曲中最后重复的段落结构，而我建议将歌曲压缩2%，葛贝认为这样会造成音质损失。多次商量之后，最后决定保持原有的段落结构，把歌曲的尾奏剪掉15秒，即歌曲长度为4分58秒（正负误差1秒），这还是一个吉祥的数字。

歌曲的主体框架都确定了，下一步就是谁来演唱和视频制作的事了。

唱片公司开始联系歌手学唱，我则开始做歌曲的视频编辑。

其实我知道，要配制这首歌的视频是比较难的。一方面要反映那个年代和童年的时光，另一方面要反映家乡的景色和孙城寺的历史。没有现成的资料，大部分图片要从网上寻找，每一张图片和画面，都要贴近歌词和歌曲的意境。

花了一个多月的业余时间，从海量的图片中下载，再逐步筛选归类。有田园风光的、有童年玩耍的、有老师上课的、有过去物品的，也有历史文化的，等等。

因为连续多个晚上浏览上万张图片，持续时间较长，我感觉视力下降很快，有时看东西都模糊了。

有很多图片看上去合适，但仔细甄别，与记忆又有差别，不是环境不合时宜，就是寓意不够贴切。有三个场景的图片我花的时间最多：一是孙城寺上面的那棵白果树（银杏树），因为歌词中没有提到，我想在视频里做个画面补充，但是类似的树太难找了。二是2分32秒处的陨星，小时候我见过的石星，虽是记忆很清晰，但实在找不到相似的石头。三是高高的孙城寺，在印象中，以前的孙城寺是高高的那种，比现在要高，周边的树很茂密，有许多小路，我读书的时候，多次早上到山坡的树林里看书，可是这样的景象却找不到合适的图片去还原。

现在我们看到的视频，是由158个画面组成，其中19个动态视频，139张静态图片。为了强调记忆，白果树和露天电影的画面出现了两次。

5月20日，第一稿《怀念孙城寺》的视频渲染生成了。这时我意识到，歌曲视频的前面需要加一个关于孙城寺的简介。还有，一些老师和同学的名字想不起来了。于是，我请父亲周宝金帮助撰写（我父亲是孙城寺学校的退休教师，他对这里的历史比较了解），老同学的名字请老班长姚传霞补充。

通过视频制作，我对孙城寺的过去和现在产生了新的认识，更加怀念过去的老师、同学和家乡的人、事。我致电给唱片公司，要求将歌词中的“把它写进梦中的诗”中的“它”改成“她”，这个她，不是指女性，而是代表孙城寺的同学、老师、往事、记忆、乡愁以及家乡所有事物和思想情感的总称。

2019年5月28日，唱片公司完成了歌曲的演唱版。

下班后，我发给了五位“音乐达人”鉴赏点评，有四位朋友反映良好，有一位听众和我一样，感觉不太满意。我说，这位歌手唱得不错，但是情绪有点冷漠，不够抒情，唱腔不够圆润，副歌部分唱得有些平直。我请唱片公司安排更专业的歌手来唱这首歌，然后再试听。

纠结了两天，我和唱片公司都在为“找什么样的歌手”而烦恼。

5月30日，经过思考和反复聆听，我觉得唱《凯风之歌》的男歌手可以试试，他的声音有张力、有磁性，情感真挚，富有感染力。

因为这个歌手比较忙，一直到6月10日，录制的版本才完成。我早晚听了不知道多少遍，也发给几个朋友帮助评论，给出的意见不一样，但总体上认同。而我认为，这一次唱得比较符合歌曲的内涵，副歌部分表现较好，但是还存在不满意的地方，譬如说前面的四句，唱得不够真切感人。但是这一回，我不好意思再要求换人了，因为歌手是我选的。

正在我迷茫之时，唱片公司又发来一个版本，说这是请了一个新的歌手唱的，要我听听如何。

前后有三个演唱版本了。三个歌手，选谁？第三位歌手唱得也不错，音色有点像张雨生，但是我认为声音有点稚嫩，缺乏深沉感，不太适合这首歌的内在情感，想想还是不考虑了。第一位歌手和第二位歌手唱得各有所长，基于唱功表现，最终决定：由第二位歌手参照第一位歌手的前四句，声调压扁一点，后面的情绪再深情一点，尤其是副歌的声调，再激扬一点……就这样，我和唱片公司的葛贝交流了一个多小时，非常愉快地达成了共识。

7月1日，最终版的演唱录制完成了，我听了很满意。原来，歌手的唱法，在保持自己风格的同时，也是可以根据要求取他人之长而调节的。我舒了一口气。

从5月到7月，我利用业余时间在不断地修改和优化视频编辑，一分一秒一帧，审视并修改了上百次。换上最终演唱版的音频文件，于7月7日晚上11时，《怀念孙城寺》的歌曲视频全部制作成功，规格为高清1920×1280，立体声，时长04∶58。当晚发给了唱片公司。

2019年7月11日，歌曲《怀念孙城寺》音乐版和视频版在腾讯视频、QQ音乐、酷狗音乐等网站上发行，随后在爱奇艺、全民K歌等网站上均可搜到。仅仅一个晚上的时间，点击量和转发量就突破1000次。

几天后，根据老同学的建议，在视频的3分35秒处，我添加了五位老同学的名字，于第二次上线发布，点播量和转发量持续增高。

一首献给家乡和母校的歌，我倾注了半年的心血。几个月时间，经历了多次的调整、修改和优化。非常感谢唱片公司及其好朋友葛贝的耐心配合，对他们追求品质、追求完美的合作精神，我表示由衷赞赏。

值得欣慰的是，我们家乡和母校，有了第一首属于自己的歌了，我希望大家能够永远喜欢。尽管也可能存在着不足之处。通过这首歌曲，更希望大家能够产生共鸣，一辈子铭记家乡的情感，永远热爱和怀念家乡和母校。

长久的心愿

二十年前，孙老板爱上了泰州的美女，也爱上了泰州这座城市，在泰州结了婚，并在这里安居乐业。

我十年前到泰州工作时，就认识他了，感觉很投缘，成了好朋友。那几年，几乎一个月见一次面，无话不谈。

孙老板是江西萍乡人，早期做茶叶生意。因为人品厚道，人脉关系好，生意做得还可以。在泰州生了孩子，买了房子，有了车子，手里有了一些钱，后来又改行做起了门窗工程承包，还开起了饭店。

但是这几年，我们见面的次数明显少了。偶尔见到孙老板却总是愁眉苦脸。他告诉我，老家的父母亲身体不好，父亲原来在抗美援朝时受过伤，前几年又查出了心脏病，母亲得了脑中风，所以要经常回老家，一去就是个把月，甚至更长时间。孙老板多次劝父母亲搬到泰州来一起住，生活好有个照料，他也不需要往返江西这么远的路程了，可是父母亲就是不愿意，他们说生活还能自理，地方政府也比较关心照顾，主要是舍不得老家的村前屋后、左邻右舍、一草一木。

去年10月份，我问孙老板，好久没在泰州了，是不是到外地承包工程去了？他黯然地摇摇头，哀伤地说：“不是，一直在老家。母亲去世办完后事，又在老家陪老爸一个多月。”

“以前回老家，临走的时候，老妈都是送我到村头的路边，然后目送着我，直到我走远，唉，以后再也没有这样的情景了……”说到这里，孙老板哽咽了。

我安慰孙老板，人生在世都会有生老病死，人死不能复生，为母亲养老送终，我认为你们兄妹已是很孝敬的了，节哀顺变！孙老板说，这一次回来，是要把工程上的事情安排一下，还要回老家陪老父亲，而且一定要说服父亲搬到泰州来住，可能是担心住在一块他有顾虑，所以打算单独买个房子，雇个大叔服侍他，这样我们陪他也都方便了。

孙老板有两个孩子，大女儿上高中，小儿子才八岁。因为长时间在老家照顾老人，工程上的事，他交给了手下人管理，饭店的经营全靠妻子。

今年9月初，孙老板到我办公室。我发现他苍老了许多，满脸倦容，神态疲惫，白头发比以前多了。他说最近有了高血压，睡眠不行，体质下降。最使他焦虑的是：东奔西走带老父亲看病，不但心脏病没治好，老父亲的身体还多了一些毛病：骨质增生、手脚麻木、偏头痛、胸闷。孙老板说母亲走了，对老爸的打击非常大，他的生活至今都没有恢复正常，吃饭不香，睡眠不安，常常夜里起床坐在沙发上愣神。不过，让孙老板欣慰的是，他父亲同意搬到泰州来住了。前天，孙老板买了一套几十平方米的小公寓，打算装修一下，就把老爷子接过来。讲到这儿，孙老板脸上露出一丝难得的笑容："打算今年春节前把他接过来，在泰州过年。" 临走时，孙老板握手道："过两天打电话给你，请你帮忙去看看房子怎么设计装修，适合老人居住。"

这几年，孙老板的大部分时间和精力都在老家，他说工程上很少承接新的业务。去年承包的门窗工程，由于今年材料价格大幅度上涨，都亏损了；饭店的生意由于疫情影响也处于亏本状态。原本有点积蓄，这几年花得所剩无几，现在只能凑一凑买个小一点的公寓。

几天过去了，我并没有接到孙老板的电话，我以为，请我去帮忙看房子怎么设计装修只是客气话，或许是认为我忙，又请了别人，这事我就没去多想。

然而9月中旬见面时，一个意想不到的事实让我万分惊愕。孙老板对我说，他的父亲在一周前突然去世了。最为遗憾的是，他接到妹妹电话连夜赶到老家时，父亲已经永远地闭上了眼睛，连一句话都没能说得上，就那么巧，才离开几天时间，竟成了永别，唉!

"会不会你父亲以为儿子回泰州不管他了，心脏病发作呢？！"我问。

孙老板接过我递的餐巾纸，擦拭着眼角，深深地叹了一口气：

“应该不会，我都跟他说好了，是回泰州给他买房子呢，过几天就回来的。”

孙老板决定房子还是要继续装修，他说父母亲虽然都走了，但是要把他们的寿盒和生前用过的东西搬过来：箱子、桌子、米缸、小农具、旧的军用物品，还有喜欢又舍不得穿的衣服等等，有纪念意义，有的还是祖辈传下来的。他们一生勤俭节约，好多东西从不肯丢弃，我还得把那些东西留着，以后也能给下辈人讲讲。现在的日子越来越好了，但不能舍根忘本。

我和孙老板在小公寓里一边看，一边交谈，房子里充满着温情。

小公寓虽然小，但很明亮，层高是五米的，水电气功能齐全。我建议在中间的圈梁位置植筋，用钢筋混凝土或者木结构再增加一层，做成上下两层，安两个门，双门双钥匙。如果老人家的遗物不是很多的话，就摆在上面，上面按照陈列室的格局来装修，下面一楼还可以住人。孙老板说，大致也是这么想的，老婆的意见是一楼出租，而他的想法是一楼装修好以后，摆上沙发、茶几、茶具，空着。有时间就过来坐一坐，静静心，父母亲在世的时候，陪得还是不够啊，想想就难过，孙老板叹息道：

“但无论如何，今年春节前，一定要把他们都接回来！”

出门的时候，我的心情很沉重，眼睛总是模糊。

为父亲的书作序

父亲从教39年，他在学校一直是教语文，加上多年的潜心研究，有着深厚的文字功底。退休后，父亲决定写一本书。几乎花了三年的时间，书真的写成了，并于2020年底正式出版。应父亲的要求，我为书籍作序。

修身先正心，齐家先修身，治国先齐家。出版这部书，俨然是历史责任的召唤。

我们不是天外来客，每个人都生存在自己的国度里，也生活在自己的家庭中。无“国”便无“家”，无“家”何须“国”。国有国史，家有家史，“家史”可以是“国史”的组成部分。对于个体而言，家史和传统文化是我们赖以寻求的重要思想资源和文化资源，了解家史和了解国史一样不容忽视。其实，无论家史也好，国史也罢，古今中外，许多人乐此不疲地追索，知晓越多，空间越大，境界越高，从而将这种文化价值转化为物质价值和经济价值。

当前，由于社会发展和时代进步，多数人生活节奏加快，时间倍显宝贵。毫不顾忌地讲，现代人又有些浮躁且比较现实，举手投足之间也可能充满了功利性；或者生活内容较为简洁，讲究舒适，除了应试以外，不太愿意静下心来去读书，即便一本好书，也不屑一顾。有相当一群人，宁愿为一个物质目标奋不顾身，受尽折腾，也不愿为自己的内心世界和精神生活增添一叶绿色。另有一种比喻，就好像有人仰视高楼大厦而从不问津基础一样，没有“根”理论文化的概念。这当然是一个误区，国人的精神是由国学塑造的。人的身上应该有两种基因，一种是生物的，一种是文化的，生物基因决定我们的肉体走向，文化基因决定我们的精神走向。人类的生存和发展，需要物质文明和精神文明两种支撑，两者是相辅相成、相互依存和相互促进的。并且在很多时候，缺乏相应精神状态的物质生活，会使人对自己都感到陌生，也不易驾驭日新月异的生活快车。

中国人是在中华文化背景下繁衍生息的，几千年延绵不绝，而且大有越来越强盛之势。传统文化和精神文明的力量可以大到国家，中到企业，小到家庭。作为现在的国人，怎么能不去较为认真地了解一下有关自己“精神基因”的文章呢？在精神文明的建设过程中，回首往事，反思过去，有利于把握现在，有利于瞻望未来，或许，还可以对己有益，对人无悔，对事圆满。

但是，不能简单地认为这部书是一部反思过去、俯视往事的“家史”，也不能简单地认为它是一部基因性文化的“回忆录”。

这部书，通过一位人民教师前半生的坎坷经历，反映了过去知识分子的生存状态和生活历程，再现了那个时代的酸甜苦辣和悲欢离合，既是那一段历史的缩影，也是过去岁月的真实写照。本书以贴近生活的真实视角，透视出文字符号构筑的历史大厦基层的心态和观念，描述了一幕幕社会和人生的戏剧是如何演绎的。在漫长的几十年岁月中，我们清晰地觇视了逐步自由的生存空间和日渐良好的社会环境，体验到了一位教师的职业生涯及其背后的难忘经历。

正视传统是一个出发点。可谓近代历史已经近得不能再近了，但正因为这一页历史是许多同龄人所怀念的，无意中，也成了当代人感知生活幸福的一种理由。一位作家说过，人不应该忘记过去，忘记过去就等于背叛。尽管某些人不再专心理会过去的世道人情，但若是身临其境去品味，何尝不会带来一种另类的思考呢？从这个意义上来讲，这是一部值得创作和有纪念意义的作品。

有很多情感是相通和永恒的。在那个饥寒交迫的年代，我们依然能感受到以人为本的亲情、乡情和人情，能感受到一位知识分子的人格力量在彰显，能感受到那种一往无前的追求理想和渴望生活的毅力与信心。譬如书中的作者父母早逝，他拉扯弟弟长大成人，并且让弟弟成家立业，细细琢磨其实是很难能可贵的。在真切而朴实的字里行间，折射出深邃的情愫和心灵火花，似乎能照亮每个善良人的内心世界。

在叙事的同时，历史中再现历史。从四书五经到三纲五常，从古典文学到现代文学，那些字、词、句，就像一面面镜子，闪现出古代文化的光芒和现代文化的精美。尽管这些文化可能粗略并带有一些束缚性，然而，通过举一反三，还是让人深切感受到了灿烂人文的尊贵和雅致。

书中的那些人，是那个时代的代表。换句话说，那个时代有许许多多的那些人。他们与命运抗衡，与困难斗争，在逆境中渴望生活的美好，追求人生的价值。他们在极其艰难的环境下，表现出了对人性的关怀和对未来生活的向往。所以说，这不仅仅是一个人民教师和一个家庭的往事，而且是我们国人战胜命运和改变命运过程中的一段真实的历史记载，他们的历史，也是现在和未来历史的一段铺垫。

不同的是，作为一名教师，他们桃李满天下，造就了国家之栋梁，社会之人才，其幕后的辛酸并非一纸见春秋。书中第五章“第一次登上讲坛”，描写作者在六十年代， 为了父老乡亲的子女就近入学，独自创办一所民办小学，在那个时候，我们可想而知是多么的不容易。在教学工作上，通过“血迹文本”的故事和诸多事例，可以看到一位人民教师的兢兢业业和任劳任怨。难怪有人说，要抚今追昔，鉴往知来，莫不知何去何从。书中回忆的那些岁月，那种父母的恩情，师生的感情，兄弟的亲情，对文化精神的崇敬之情，都无不还原为人师表的本质。大众的情感可能是平凡的，但平凡中有不平凡；大众的经历可能是简单的，但简单中有不简单。这也类似海尔公司总裁张瑞敏所说的，把平凡的事做好了就是不平凡，把简单的事做好了就是不简单。

必须承认，教育是重要的。书中第二章“妈妈是我最好的先生”和其后的内容，可以看到母亲对子女的教育是多么严格；第六章“教育体会”中，论述了一些教育方法，首先是教育目的、教书育人等一些深刻道理；接着在第七章“人生真谛”和第八章“人生感悟”中，阐述了怎样做人，做好人，成为有用之人，并糅合了古今社会的名人名言，进一步帮助我们正确看待生老病死、金钱财富和名誉地位等人生中必须面对的问题。

当然，我们会尽可能地用低调的心态来审视这部书。然而当我们回过头来，再用高远的眼光去鸟瞰书中的人物和事迹时，不禁为之动容，同时也感到空前的清新和开阔。与其说打开一扇门进入了那个年代的时空，不如说打开了一扇窗，眺望到曾经过去的那一片沧海桑田和薪火相传。无数次心灵的交融和内心世界的碰撞，激发起了我们对过去岁月的美好情怀，从而对现实生活肃然起敬。

联系现实生活中的年轻人，对他们来说，信息时代包罗万象，打开电脑无奇不有，光怪陆离的文字图像瞬间显现在眼前。在许多年轻人的脑海中，“纯文学”“严肃文学”“正统文学”这些概念早已荡然无存。他们相当迷恋媚俗文化及“西餐”。这自然也不能怨责，不是个体原因，也不完全是社会原因，我们努力去认为不同的人有不同的喜好，就像不同的人有不同的遭遇。时代不会再来一个文艺复兴时期，但时代正在呼唤精神文明和传统文化的不断回归和升华。

同样，时代也并不排斥大众把时间、精力和金钱都消费在电脑前、酒桌前和无所事事的游戏中，但是我们相信，时代关注家史、国史和自我一生如何续写，有多少成功、失败和经验可以总结和编辑，留给社会和后人多少物质文明、精神财富和文化遗产。由此推理，时代并不主张每个人都要去读某一本书，但时代关注从人类进化的使命上定义，应该怎样去读书，怎样去经历和怎样的生活态度。

关于这部书的现实意义，想起一位市长说得好，市场经济看重的绝不是那些高文化高学历的考试高手，而是看好那些确已懂事、想做事、会做事、能做成事还不出事的人才。可是有些人当了董事长还不懂事，做儿女的不懂得父母、不孝顺父母，做领导的不懂得员工、不尊重员工，结果时间不长公司就举步维艰甚至倒闭。所以尚无正心、修身、齐家，谈何治国平天下？

北大的一位教授是这样说的，人的思维方式至关重要，就像读书的方法各有不同，傻瓜用嘴读书，聪明的人用脑袋读书，智慧的人用心读书；不同的读书方法有不同的心得，产生不同的效应。任何书都可以读，但不一定是最适合的；而有些书大家都应该去读。有一点值得一提，不能强求所有人非要读不可，但是这类书应该推崇。不论艺术价值和创作风格如何，能忆苦思甜，启迪人生，丰富阅历，在社会生存环境下增加为人处事的文化资源，也是不可多得的。

一般来说，任何作品都不会是至善至美的。文学作品的过程是心灵与心灵交流的过程，文学阅读的过程是作者主体、读者主体和文化作品本身三个元素互相融合的过程。以欢悦、投入和感性的阅读心态，才能使人真正进入文艺的境界，超越作品本身去领略其中的意义和价值，而不是带着责问和放纵的心情去加以批驳。在文学界，有这样的传言，虽是戏言但颇有一点道理：一流的作家写真人真事，二流的作家写真人假事，三流的作家写假人假事。只有真人生活在一个真实的环境中，故事才能打动人，而且主人公经受了无穷无尽的挫折和磨难，才能放射出感人肺腑的艺术光辉。文学评论家在评价一部作品时，常用“动人”“感人”“启发人”“真善美”这样的词汇，符合这些条件便认为是一部有价值的作品。联系这部书，认为能够靠谱。

当然，这部书究竟如何，需要更多的人来品读，到底有怎样的价值，还有待于时间来证明。好比一件藏品，当初都是不起眼的用品或玩物，也不一定很华丽，若干年之后，有的却成了文物，有的却价值连城。

阅读是一种发现，但愿我们有新的发现；阅读是一种体验，但愿我们能够体验到新的生命能量。

关于文章与文学

在一次文友相聚的饭局上，大家为文章与文学的话题议论不休。

议论是从政府办的乔主任开始的。他说，这几年写的文章有几百篇，可以出几本文学丛书了。在大学任教的孔教授说："你写的那些东西应该不属于文学，恐怕都是应用文。"他接着说，一般来讲，文学主要指小说、散文、诗歌、戏剧。应用文是文章，但不属于文学。应用文写作和文学写作是截然不同的写作形式。文学写作是以塑造形象为目的，是一种具有形象性、审美性和创造性的写作实践活动；而应用文写作是以适合社会实用性为目的，具有实用性、规范性和简明性的特点。写作目的不同，内容表达的权威性和约束力不同，表现形式不同，写作要求的快速性和限时性也不同。

"恐怕不能一概而论，也不是那么绝对。"旁边的老作家顾老师坐不住了，他说，文学从广义而言，是任何书面的作品。狭义而言，是任何具有艺术、思想价值的书面材料，其价值通常源于语言风格与日常语言的区别。所以应用文在特定情况下，也可以是文学作品。大家习惯上认为，应用文的文学价值不高，那是读者的问题。

至于应用文是否属于文学，要分别看待。只是表达事实记录事实的，比如通知、公示、公函、报告等等，这不属于文学题材，因为这类文不表达思想感情，只记录事实，用词越公允越恰当，因此不属于文学。但也有一些表达丰沛感情的公文，成了千古文章、文学典范，比如诸葛亮的《出师表》，李密的《陈情表》，骆宾王的《讨武氏檄》，都是古代应用文题材（古代公文形式分：章、奏、表、议、檄等），但是有丰富的情感、深刻的思想，所以，是文学，而且是出色的文学。

我有一个问题，对他们说的应用文概念模糊，我问，演讲稿算不算应用文？顾老师说，你发给我看一下。第二天上班，我发了两篇稿子，一篇是商业广场开业的欢迎词，一篇是工程开工仪式的致辞。内容如下：

致欢迎词

尊敬的×××市长、各位领导、各位来宾，女士们、先生们，大家上午好！

时值初夏，万物生发，百花争艳。在这美好的季节，我们在这里隆重举行××商业综合体开业庆典。首先，请允许我代表××房地产开发公司，对各位来宾的光临，表示热烈的欢迎和衷心的感谢！

××商业广场及综合体项目，既是社区商业配套，也是区域商业配套，辐射周庄、口岸、野徐等周边地区。这个商业综合体的显著特点是功能齐全、业态丰富、格局开阔、环境宜人。主要由影院影厅、百货超市、各种餐饮、服装首饰、文化教育、健身康养等项目组成，涵盖了休闲、娱乐、文化、购物、美食、健身等诸多要素。开业以后，将会给本社区居民和周边居民的生活，提供极大的便利，同时还将产生人流、物流和信息流的集聚效应，不仅会给地方发展带来长远的经济效益，同时也会产生广泛的社会效益。

各位领导、各位来宾，我们××公司将始终秉承“务实开拓、博识众赢”的企业精神，遵循“诚信、务实、精益求精、追求更好”的核心价值观，进一步把这个项目建设好、运营好，让消费者买得放心、住得安心、过得舒心，为建设好幸福而美丽的港城，贡献出我们的智慧和力量。希望各位领导和来宾，对我们项目能够继续给予关心和支持，同时也恳请各位对我们今后的工作多提宝贵意见。

最后，祝大家身体健康、工作顺利、心想事成！谢谢！

开工致辞

兄弟单位的各位领导、各位同仁、各位朋友：

大家上午好！新年伊始，万象更新，春风送暖，万物生发。在这祥和的早春三月，我们的×工程赢来了破土动工的美好时刻。首先，请允许我代表××××房地产开发公司，向本次开工表示热烈的祝贺和衷心的祝愿！

本项目建筑面积近18万平方米，由22幢建筑组成，是我们公司倾情筹划的升级版产品，决心全力打造管理一流、品质一流和环境一流的新项目。按照总部要求，第一批产品必须在5月1日开盘销售，其余工程要在9月1日前具备销售条件，2023年底全部竣工交付。

我们相信，通过施工单位的严格管理和精心施工，通过监理公司的现场督促和协调，本工程一定能实现工期、质量、安全、效益四大目标。一定能创造出高品质的产品和高品质的环境，成为开发商、施工方、监理方三大主体的形象工程和永久品牌。

最后，祝我们的××工程开工大吉，平安吉祥！

一个小时过后，顾老师回信息说，两篇都是应用文。不过，上面的开工致辞，如果是万里长城的开工致辞，那如今就不是应用文了，是文学作品哈哈！顾老师与我开了一个玩笑。

后来，我在网上查看，有很多关于文章和文学体裁方面的解释。从表现形式上看，应用文写作的程式化特点比较明显，文学写作个性更为张扬，形式更加灵活，写法更加多样。与文学写作相比，应用文写作格式化思维明显、逻辑性强、结构严谨。应用文写作是以实用为目的，实用性是应用文最基本的特性。从内容表达上看，文学写作的内容表达相对比较自由，仅代表作者个人的观点和见解；而应用文写作具有较强的权威性和约束力。文学写作的目的是为欣赏而非实用，即使是领导者个人的作品，也不具备权威性和约束力。应用文是随着阶级、国家、文字的产生而产生的，是行政管理的一种有效手段，担负着国家管理和社会管理的重任。应用文写作必须讲求政治性，要体现权威性、严肃性、庄重性，对受众有很强的约束力。从写作过程上来看，文学作品写作较自由，没有时间限制，而应用文写作处理上有严格的时间限制。

根据我求证的情况，有的文章从体裁上看，它属于应用文，而从内容上看，有思想感情的表达，具有文学的特点。下面的两篇文章，题目都是“新春贺词”，写法却完全不同，后面的就像是抒情散文了，而散文即属于文学这一类。

新春贺词

尊敬的各位同仁、各位同事、各位朋友：

大家晚上好！

凯歌高奏辞旧岁，豪情满怀迎新春！在这辞旧迎新的美好时刻，我们团聚一堂，共同欢庆新春佳节的到来。首先，请允许我代表××公司，对大家表示热烈的欢迎和诚挚的感谢！

回顾刚刚过去的2021年，我们在××集团总部的正确领导下，在全体员工的共同努力下，在各兄弟单位的大力支持下，各项工作都取得了新的进展，也取得了新的成绩。××

大酒店正式开业，××项目竣工交付。××项目2021年两个区域、共计26万平方米按期交付，这些都体现了各位同仁和兄弟单位的齐心协力和团结拼搏的奋斗精神，也体现了良好的合作精神和积极进取的决心和毅力。在这里，我再次真诚地表示衷心的感谢！

携手新征程，建功新时代。站在新的起点，我们任重而道远。千帆竞渡，百舸争流，盛世良机，催人奋进。让我们同心同德，凝心聚力，共同描绘2022年的美好蓝图，满怀信心，充满希望，共同创造更加美好的未来。

最后，给大家拜个早年！祝大家在新的一年里身体健康，阖家欢乐！

新春贺词

忙碌的脚步悄悄地告诉我们，今天是年三十，明天是新春佳节。辞旧迎新是今天的主题，欢庆相聚是最佳的良机。

回眸过去的一年，拼搏奋斗，硕果累累，成功的业绩大于失败。失败与成功相隔一线的距离，有成功就有失败镶嵌其间。我们的生活何尝不是这样的过程，相信每个人都有这样的经历，这样的总结。人不怕失败，怕的是失败后不再拼搏奋斗，怕的是失去了拼搏奋斗的勇气。展望未来，我们不但有能力、有决心，而且还有了丰富的经验，能战胜任何困难，奋勇向前，在过去的基础上，取得更大的胜利。这就是生活的信念，引导着我们奔向理想天地的明灯。

过去的已经成为宝贵的档案，封存在那段时间空格上，成为永远的记忆。明天是今天的继续，需要我们开拓进取，不断向前迈进。这是时间动力的作用，推动我们每天不断地攀登，不断地进取，克服重重障碍，战胜前进路途中的艰难，向着既定的生活目标奋进，追求理想的高峰。不管高调，还是低调，但是，必须面对，没有回避的必要，现实的生活就是这样的残酷，没有商量的余地，活着就要不断地向前拼搏奋斗，人类的历史就是这样书写而成的。前赴后继，继往开来，一代一代传承下去，生生不息，孜孜不倦。我们期盼，路在脚下向前延伸，前进之路留下我们清晰的足迹。血汗铸就了昨日的辉煌，照亮了未来的路，只有再接再厉，光荣传统才能得到弘扬壮大，才能书写出新的篇章。

看，万众意气风发，朝气蓬勃，干劲十足，雄伟的蓝图成为我们前进的指南。为了一个远大的梦想而努力拼搏进取，人心所向，大势所在，相信明天更加辉煌。听，喜悦的锣鼓和鞭炮声响彻天空，新年新气象，新春伊始，催人奋进。欢乐的笑声弥漫新春的上空，神州大地披上彩妆，阵阵春风，吹拂大地，吹绿万水千山。

我们中华民族是一个自强不息的伟大民族，开创了新世纪的篇章。我们作为中华民族的一员，倍感自豪。蓝天上，我们展开理想的翅膀，尽情地翱翔，嫦娥舒展广袖，歌声嘹亮，唱出了我们中华儿女的心声，昭示出我们热爱和平、热爱自由的愿望。茫茫大海蛟龙飞腾，龙宫中留下了靓丽的倩影，把酒当歌，笑声洋溢四海，九天揽月，大海捉鳖尽在其中。中华民族有能力、有信心开创出世界的奇迹，不逊于任何人，这就是中国人的雄心壮志。

我们是一个强大的民族，我们有远大理想，我们勇敢面对世界风云，未来属于我们，我们的强国梦一定能变成现实。

光阴似箭，日月如梭。岁月之轮不经意地从我们眼下划过，留下时间的皱纹、青春的印迹，呈现出完美的弧线。新春佳节来临，到处洋溢着喜悦的春风，传统的节日，喷发着绚丽的彩虹。此时此刻，我们的心中凝聚着奋进的动力，勇攀高峰，祝明天更加辉煌。

通过探索，我比以前多了一些认识。文体和体裁是不同的概念。文体是指独立成篇的文本体裁，是文本构成的规格和模式，一种独特的文化现象。体裁指一切艺术作品的种类和样式，其艺术结构在历史上具有某种稳定的形式。文体是某种历史内容长期积淀的产物，它反映了文本从内容到形式的整体特点，属于形式范畴。体裁是随着艺术反映现实的多样性，以及艺术家在作品中所提出的审美任务而产生发展起来的。体裁的门类众多，一般包括文章体裁、绘画体裁、舞蹈体裁、电影体裁和音乐体裁。文体的类型，如果按文学分类，主要有诗歌、散文、小说、戏剧。按文章分类，包括记叙文、议论文、说明文、应用文。

三、诗歌

献给母亲

岁月如河
卷去无数辛苦风沙
饱经凄风苦雨
母亲早生华发
回忆六十个秋冬春夏
星盼月期，抚育儿女长大
母亲的养育之情啊
可挥墨千书万画

离别农村的家
环境已经变化
您祈盼的路啊
正走向朝霞
人常说，苦尽甘来六十返童
母亲放心吧
我们在您身边
生活好比盛开的鲜花

（写于2004年11月）

徽茶颂

徽茶清香
来自山林深处的芬芳
每一片叶子
都留下善良者的眼光

徽茶味长
饱含激情亦可以疗伤
每一次沉浮
都承载着成功的梦想

徽茶吉祥
积聚天地风水的营养
每一口品尝
都有喜悦在心中激荡

徽茶思乡
不论今日身处在何方
每一位游子
都深爱着徽州的茶庄

徽茶时尚
共奏古今中外的华章
每一个时代
都传递着崇高的敬仰

壮美的西域

戊戌国庆，举家北上
华夏寻根，河西走廊
西安西宁嘉峪关
又去酒泉敦煌
西部地域辽阔
无垠沙漠敞亮
千年洞窟壁画
饱眼自然风光

丝绸之路三千里
华夏文明五千年
感受远古历史文化
底蕴如黄河悠长
旅途虽然遥远
走走看看
顿觉胸怀宽广
叹古事已去
不可复制
但却无限怀想

雨发生态园

时逢清明春日游，
雨发生态园。
树绿花开风景秀，
笑声演绎玩乐百家正消愁。

天地人和几度有，
珍惜当时候。
枫晚深居木树屋，
恍如隔世感悟国与怊惆。

有感春节

又是一年春节时，
天依然，人不同，
地依然，事变迁。
多少记忆不平凡，
辛苦忙碌天能知。

又是一年春节时，
往后看，思得失，
向前看，尚不迟。
等到下个春节时，
再现许多人和事。

长沙游感

国金楼上，俯视湘江，一派新城景象。
橘子洲头，车来客往，瞻仰伟人塑像。
百舸竞航，碧水流长，早无旧日天霜。
果树飘香，抚昔追想，存读文字激扬。

春天的魅力

我想写一首诗歌，赞美春天的祥和。
顿觉胸中的文采，写不到那么深刻。
于是我拿出手机，前后左右地拍摄。
我要把美丽风景，收藏在我的心窝。

拓展训练诗歌七首

一

篝火晚会焰火旺，载歌载舞真欢畅。
欢声笑语游戏多，心花怒放情谊长。

二

击鼓颠球心态好，拉好绳子要关照。
技巧节奏记得牢，掌握平衡最重要。

三

高尔夫球游戏妙，讲究秩序接着跑。
轻重缓急控制好，齐心协力到目标。

四

一圈到底很搞笑， 大家围着绳子绕。
你追我赶不乱套， 步调一致技术高。

五

激情节拍很热闹，齐喊齐叫拍着腰。
异口同声喊得快，团队合作最可靠。

六

移花接木责任大，你给我来我给他。
如果一人犯了错，全体成绩被拉下。

七

喜欢翻越毕业墙，大家热情来帮忙。
又快又好真给力，证明我们团队强。

（2014年10月23日于泰州）

千岛湖

千岛湖上一线天，微风吹拂荡漪涟。
时闻鱼鸟对陌歌，仿佛欣喜把吾迎。

（2016年4月16日）

难忘的除夕

除夕之夜多欢笑，全家老少团聚好。
感恩时代新政策，丰衣足食乐逍遥。

春色满园

叶生芳华花生香，庭生春意情愫长。
金陵圣地人不老，富贵吉祥寿无疆。

（2018年4月）

同窗情深

同在金陵来相聚，学友往事成过去。
真愿再回少年时，好多童事能延续。

（2018年11月）

有感十年

十年风雨人生路，一路艰辛在沿途。
百栋楼宇如林立，故事可写一本书。

（2021年11月）

一滴雨

是云妈妈和雷公公吵架
提前降生了我
响声，超过了它的哭声
谁也听不见

想拉住它，还是想陪它
像珍珠般一起落下
白茫茫的一片丹心
不知道把家安到哪里

有的，找到了绿树
有的，找到了高楼
有的，找到了山川
而它，落在了水里

没有人听见哭泣
它也想留在花间
老人说，没用的
你不是雨
你是天空中堕下的
一滴泪

凯风之歌（原创歌词）

凯歌奏响在前行路上（女声）
风吹祥云映和谐景象（女声）
兴我中华跃世界之窗（男声）
旺耀未来闪幸福之光（男声）

精益求精圆新的梦想（女声）
诚实守信许心的希望（女声）
同在一个舞台上成长（男声）
兄弟姐妹们一起歌唱（男声）

凯风凯风我爱你（合唱）
是你让我们的青春绽放（合唱）
凯风凯风祝福你（合唱）
愿你的前程更加辉煌（合唱）

凯风凯风我爱你（合唱）
爱你的品质爱你的高尚（合唱）
凯风凯风祝福你（合唱）
愿你的未来更加兴旺（合唱）

千年之歌在源远流长（女声）
唱出我们生命的乐章（女声）

广厦万千闪烁着光芒（男声）
是凯风的骄傲和向往（男声）

不管你的梦现在何方（女声）
我们永远是你的臂膀（女声）
相信我们智慧的春光（男声）
会照亮在世界的殿堂（男声）

凯风凯风我爱你（合唱）
是你让我们的青春绽放（合唱）
凯风凯风祝福你（合唱）
愿你的前程更加辉煌（合唱）

凯风凯风我爱你（合唱）
爱你的品质爱你的高尚（合唱）
凯风凯风祝福你（合唱）
愿你的未来更加兴旺（合唱）

【简介】《凯风》源自中国第一部诗集《诗经》中的一首诗名，象征着永恒的母爱亲情。本歌曲由周新作词，贝若德华作曲，张家瑞/w·k演唱。于2019年元月，在腾讯视频、爱奇艺、酷狗音乐、QQ音乐等主流音乐媒体上发行。

雪的记忆

金陵初春雪花飘，
银装素裹，
分外妖娆，
城里的景色异常壮观，
却想起，
故乡的雪景也很美妙。

草木青青，
人心未老，
故事多少，
有遐想更有欢笑。

（2019年春）

怀念孙城寺（原创歌词）

一首献给家乡和母校的歌

从前那一个高高的孙城寺
绿树和小路在四面交织
周边的人们川流不止
上面的世界热闹又神奇

童年那一个芬芳的孙城寺

琅琅的读书声装满教室
有多少同学的作文稿纸
记载下太多美好的回忆

六安的孙城寺有回忆的影子
在我的心里有同学老师
有那些很容易回想的往事
有太多太多忘不掉的名字

六安的孙城寺是难忘的日子
儿时的伙伴和悠久历史
家乡的情感铭记一辈子
把她写进梦中的诗……

回忆孙城寺我时常会想起
曾有的陨星和尚与荷池
很怀念哺育我们的老师
传给了我们人生的启示

如今孙城寺已成为了地址
是家乡永恒的美丽标志
当年的梦想并没有消失
感恩那时代更感谢现实

六安的孙城寺有回忆的影子

在我的心里有同学老师
有那些很容易回想的往事
有太多太多忘不掉的名字

六安的孙城寺是难忘的日子
儿时的伙伴和悠久历史
家乡的情感铭记一辈子
把她写进梦中的诗……

【简介】这是一首献给家乡和母校的歌曲，于2019年3月开始创作，2019年7月11日，歌曲《怀念孙城寺》音乐版和视频版，在腾讯视频、QQ音乐、酷狗音乐等网站上发行。随后，在爱奇艺、全民K歌、全国卡拉ok系统等媒体上均可搜到。曾激起了强烈的反响。

献给爱人

你带着山林的真诚，
走进了城市的倩影，
没有一点虚伪，
尽是纯朴善良的心。

你待人像海一样情深，
常常为别人而操心，
一种无私的情感，
诉说着我们永远的传承。

泰州美泰州情（原创歌词）

天蓝地绿泰州城（女声）
互联互通铺盛情（女声）
康泰之城好风景（男声）
顺风顺水人欢欣（男声）

周秦海阳故事深（女声）
悠久历史在传承（女声）
远古风帆到如今（男声）
吉祥文化在前行（男声）

江苏泰州风光美（合唱）
水城水乡水陆要津（合唱）
祥瑞之州情意真（合唱）
人文荟萃辈出佳人（合唱）

温情泰州有爱心（合唱）
生态之城美丽清新（合唱）
深情泰州欢迎你（合唱）
相约相聚共享温馨（合唱）

强富美高新征程（女声）

高楼大厦显倩影 （女声）
魅力港城水滋润（男声）
美食美酒人人敬（男声）

友爱之手握得紧（女声）
携手世界创共赢（女声）
水袖水墨抒不尽（男声）
美好蓝图与憧憬（男声）

江苏泰州风光美 （合唱）
水城水乡水陆要津（合唱）
祥瑞之州情意真 （合唱）
人文荟萃辈出佳人（合唱）

温情泰州有爱心 （合唱）
生态之城美丽清新（合唱）
深情泰州欢迎你 （合唱）
相约相聚共享温馨（合唱）

【简介】2019年9月底，正值国庆节之前，原创歌曲《泰州美泰州情》的音、视频作品，通过官方审核，在腾讯视频、优酷视频、爱奇艺、酷狗音乐、网易云、QQ音乐等主流媒体正式发行，全民K歌和卡拉ok点歌系统等媒体也陆续转载。这是作者献给泰州的一首公益之歌、赞美之歌、友谊之歌。歌曲发行之后，获得了广泛好评，省刊《现代快报》，市刊《泰州晚报》专版，官方微信公众号《新华日报》《泰州发布》《微高港》等新闻媒体上分别作了报道。

有感杖朝之年

一支粉笔写出五彩人生，三寸蜡烛照亮别人前程。
吾感叹日月如梭催人老，常欣慰瀚海诗书永传承。

蓝　天

那年那月，天是蓝的
昨天今天，天是蓝的
看着天，天天蓝，天天蓝
看到我落泪，眼疼疼的

谁染的天？这么辽阔
谁的抹布？这么干净
吸口气，仿佛有一股甜味
想我的嘴唇，也沾染了蓝色

低头看看自己的衣服
也是蓝色，一样的蓝色
可是相比天空
我是多么的渺小

秋 黄

晚秋的田野，一片片金黄
一望无边的稻田啊
金灿灿、黄澄澄的
洋溢着果实的芳香

抚摸沉醉的稻穗
再差的心情都能疗愈
只会想，美好的季节
来得如此突然与充实

不久后的喜悦场面
仿佛是人和机器的欢声笑语
收获生活的精彩
装进希望的车厢，运往远方

盱眙行

辛丑晚秋晴
天泉湖畔行
对对儿女陪双亲
遥望陌鸟不飞远

朝霞绚丽秋意深
湖光山色聚欢心
顿感天地无限宽
如回故里忆童真

追昔抚今
治愈心情
夙愿安康多保重
何年再此论藩篱

我们的这一辈（原创歌词）

献给每一位奋斗的人

一路走来你是否很累
经历了太多是是非非
有过痛有过笑有过泪
有过身心的疲惫

多少个夜晚难入睡
多少个现实需要面对
真心感叹我们这一辈
这首歌你是否能体会

人生的路上不后悔

向前走啊不能回
我们这一辈
辛勤的一辈
做好自己问心无愧

人生的路上要作为
再多的苦儿也无所谓
我们这一辈
坚强的一辈
照亮他人增添光辉
绽放我们这一辈

歌声飘落你是否欣慰
往事的记忆如云如水
有过情有过爱有过悔
也有昔日的回味

前方的道路还有谁
我们要坚持永远追随
无论年纪已经多少岁
敞开吧你梦想的心扉

【简介】《我们的这一辈》由周新作词，贝若德华作曲，浩东演唱。于2020年元月在腾讯视频、爱奇艺、酷狗音乐、QQ音乐等主流音乐媒体上发行。

扬州的雨

初秋的季节
扬州的大街上空空如也
白日与晚间，苍老了许多
显得格外寂静

路上稀落了行人
城市停止了喧闹
唯有偶然驶过的大巴车
诉说着远方来的援助

楼上，望着无奈的雨
远处一片空寂
连孩子都在祈祷
疫情过去吧，扬州加油

楼房，树木，路灯……
矗立在那儿，岿然不动
天空流着泪安慰
总会有雨过天晴的那一天

（2021年8月）

遥远的思绪

为了生活，离开家乡多年
最怕是晚上，老家来的电话
随着年龄的增加
远方的父母，是他最大的牵挂

千里迢迢，照顾并不方便
他多次劝父母离开乡下
到城里来一起生活
可是，他们不愿意
舍不得村前屋后、左邻右舍
舍不得家乡的一砖一瓦

去年初夏
母亲中风离开了人世
他的心，顿时垮塌
以前回老家，母亲总是送他
直到车子走远
而往后，目送的情景不再有了
想一想，眼里就涌出泪花

半年后，老父亲终于同意搬家
他立即买了房子，装修一下

但不料，老家打来了电话
他的爸爸，心脏病突发
等他连夜赶到老家
父亲，永远地闭上了眼睛
他没能说上一句想说的话

他说，房子还是要继续装修
要把父母的东西接回来
寿盒、箱子、桌子……
还有些是祖辈留下来的
每一件物品，都有故事和佳话

老人一生勤俭持家
好多东西从不肯丢它
他要将它保留传承
以后，跟孩子们讲讲啊
现在的生活好啦
但不能舍根忘本
更不能抛弃先辈们的
精神和文化

稻　草

不知道什么时候
我变得如此焦黄，丑陋
没有人愿意瞥我一眼

不想说
其实我也有过青春
清一色胜过美少女的裙子
一片片，一片片
我的兄弟可以证明
赤脚的阿爸不许再争吵

看着好多人可怜
我放下儿女子孙
不图付出之后的回报
唯恐把我的孩子
扔进垃圾桶

真的不想说了
把我烧了吧
灰土比尿素肥沃
省得我在此孤独

当然，留着也行
我用生命陪你到老
俗话说的救命稻草
指的就是我

忙碌的天空

太阳像是男人
执着地奔波，洋溢着笑脸
跑过一整天的路
回到西山睡觉去了
许多人想问，你累么
他从不说话
明早照常起床
干活，这是职责

月亮像是女人
忽明忽暗，忽有忽无
时常躲到纱帐里，偷偷地哭
她说，看见那么多的房间里
躺着，一个人独处的床

风儿像是小男孩
东一阵子跑，西一阵子跑
他说你们不要骂我
我不是调皮，也不是玩耍
我在寻找云儿
下面的万物，需要雨的滋润

焦虑的大地

她说从春天起
压力，一浪高过一浪
无数的根娃娃，嗷嗷直叫
有的渴了，有的饿了
有的要发芽，有的要开花
有的要长高，有的要长大
急得她团团直转

慈善的心在颤抖
不能拒绝任何一种期盼
大地像母亲一般焦虑
浑身发热，胸血喷发
用尽所有的力量
承载着众生的追爱

你看那流淌的河水
包含着大地的泪
宁愿用泪和血
去灌溉那饥渴的土壤
别问为什么，好吗
就算是，图个果实与微笑吧

回不去的燕子

那时的春天，是回巢的季节
越过山川、河流与田野
能找到自己的家
泥巴与草芥围成的房子
可以睡觉、孵蛋、生孩子
呀呀欢叫，一天天长大
飞翔在稻花飘香的苍穹

自从那一年没找到家
以后，再也没有回来过
乡村的变化太大，太大
主人，把它的老房子弄丢了
遍地是一幢一幢的新楼宇
燕窝变成了传说和回忆